신들의 구독자

최달해 판타지 장편소설

신들의 구독자 19(완결)

초판 1쇄 발행 2024년 7월 19일

지은이 ㅣ 최달해
발행인 ㅣ 최원영
편집장 ㅣ 이호준
편집디자인 ㅣ 최은아
영업 ㅣ 김민원 조은걸

펴낸곳 ㅣ ㈜ 디앤씨미디어
등록 ㅣ 2002년 4월 25일 제20-260호
주소 ㅣ 서울시 구로구 디지털로32길 30 코오롱디지털타워빌란트 1301-1308호
전화 ㅣ 02-333-2513(대표)
팩시밀리 ㅣ 02-333-2514
E-mail ㅣ papy_dnc@dncmedia.co.kr
블로그 ㅣ blog.naver.com/gnpdl7

ISBN 979-11-364-5466-9 04810
ISBN 979-11-364-4205-5 (SET)

※ 저자와 협의하여 인지는 붙이지 않습니다.
※ 이 책은 ㈜ 디앤씨미디어(파피루스)가 저작권자와의 계약에 따라 발행한 것으로 본사와 저자의 허락 없이는 어떠한 형태나 수단으로도 내용을 이용할 수 없습니다.

신들의 구독자

19
|완결|

PAPYRUS FANTASY STORY

최달해 판타지 장편소설

1장 ·············· 7

2장 ·············· 45

3장 ·············· 81

4장 ·············· 119

5장 ·············· 147

6장 ·············· 175

7장 ·············· 207

8장 ·············· 231

9장 ·············· 259

10장 ·············· 287

에필로그 ·············· 315

1장

1장

"엄청난 일이란 말입니다! 꿈이 아닌 건 알겠습니다만, 왜 그리 침착하신 겁니까!"
"침착한 편입니다."
"그럼 왜 웃지 않으시는 겁니까! 이건 정말 엄청난……."
"웃음이 많지 않은 편입니다."
"이럴 수가!"
천공 도시로 가는 길목.
에단에게 베일 뻔했지만 그럼에도 믿기지가 않는지, 위겐은 계속해서 에단이 욘 스트릭랜드 공작을 이겼다는 이야기를 반복했다.
'믿기지 않을 만도 하지.'
마도 제국에서 스트릭랜드 공작이 선 위치는 압도적이다.

'신성 제국으로 보자면 마도 제국에서 넘어온 위겐이 램스데일 가문의 검성을 상대로 이긴 셈이 되겠지.'

위겐이 검성을 상대로 이겼다 하면 그 누구도 믿지 못할 것이다.

심지어 여기는 마도 제국이다.

힘을 숭상하는 이곳에서 벌인 일이니 임팩트가 더 클 수밖에 없었다.

"스트릭랜드 공작을 이기셨습니다……그 스트릭랜드 가문을 이끄는 황금의 공작을 말입니다……!"

"열두 번 정도 말하셨습니다, 위겐 님."

"더 말할 수 있습니다. 이건 엄청난 일입니다. 솔직히 말씀드리겠습니다. 지금 너무 멋지십니다! 엄청난 일을 해내고 태연하게 행동하시는 그 모습이요!"

'교류제 때와는 인상이 완전 다른데?'

교류제 때 봤던 위겐의 모습은 묵직함 그 자체였다.

'정말 큰 깨달음이 있었나 보네. 사람이 달라졌어.'

"그만한 일을 하셨단 말입니다.

위겐의 머릿속엔 아직도 그 순간이 계속 떠오르고 있었다.

설마하니 그 스트릭랜드 공작을 힘으로 이길 줄은 몰랐다.

생사를 걸고 하는 싸움은 아니었으나, 그럼에도 엄청난

의미가 있었다.

"이제 아무도 에단 선생님을 건드리지 못하겠지요. 거기에 모였던 그 귀족들, 전부 다 마도 제국의 핵심들이었습니다.

'명성이 크게 오르긴 했지.'

마도 제국의 핵심들 앞에서 욘 스트릭랜드 공작을 꺾는 걸 보여 줬으니. 이젠 마도 제국에서도 에단의 위명이 크게 퍼지게 될 터.

"은둔한 마도 제국의 강자들이 찾아올지도 모르겠군요."

"하지만 이전처럼 에단 선생님을 함부로 대하진 못할 겁니다. 이미 그 힘을 증명하셨으니까요."

"그건 다행이군요."

'마도 제국의 좋은 점이 이거지.'

강한 만큼 자유롭다.

신성 제국보다 마도 제국 쪽이 훨씬 더 그랬다.

'역으로 말하자면 약한 자가 마도 제국에 오면 아주 밑바닥 취급을 받는다는 거지.'

그렇기에 약한 이들에겐 신성 제국이 제일이었다.

에단 또한 이렇게 강해지기 전까진 마도 제국으로 넘어올 생각을 안 했으니 말이다.

"그런데 에단 님, 천공 도시는 무슨 일로 가시려는 겁니까?"

"그곳에 제가 찾는 사람이 있습니다. 그분이 제 병을 고치실 수 있거든요."

천공 도시 입구.

그곳은 절벽 끝이었다.

"뭐야? 미니 와이번 없나?"

"미니 와이번은 고사하고 천둥새도 없습니다. 있어도 지금은 못 갑니다. 날씨가 굉장히 안 좋아요."

"날씨가 안 좋다니? 이렇게 맑은데!"

"냄새로 알 수 있습니다. 아무튼 여러 사정으로 오늘은 없습니다. 내일 다시 오시면 내일 상황을 보고 다시 말씀드리지요."

천공 도시는 말 그대로 하늘 위에 있는 도시.

그렇기 때문에 가기 위해서는 탈것이 필요했다.

하지만 지금은 하늘길이 닫힌 것 같았다.

"위겐 님, 여기까지 안내해 주셔서 감사합니다. 이 정도면 충분합니다."

"제가 탈것까지 수배해 드리고 싶었습니다만, 이렇게 되면 어쩔 수 없겠군요. 내일은 날씨가 그럭저럭 괜찮아진다고 하니, 일단 제가 근방에 숙소를 잡아 드리겠습니다."

"아니요."

에단이 고개를 저었다.

그럴 필요가 없었다. 에단에겐 이미 탈것이 있으니 말이다.

"콜 디트리니르."

에단은 디티르니르와 계약을 맺었다.

딱 두 번 필요할 때 돕기로.

슈우욱-.

순식간에 그려진 육망성 마법진 위로 디트리니르가 솟아올랐다.

"!"

위겐이 놀란 눈으로 디티리니르를 보았다.

"드, 드래곤……? 드래곤과 계약을 맺으신 겁니까!?"

"예, 계약을 맺긴 했습니다만 이번이 마지막입니다."

소환된 디트리니르는 저번과 달리 아름다운 창공을 보고 꽤 안도한 표정을 지었다. 지저에서 소환했을 때 꽤나 큰 충격을 받은 모양이었다.

디트리니르가 새카만 비늘을 자랑하며 천천히 내려앉고는 에단을 바라보았다.

"내가 뭘 하면 되는지 말해다오."

"천공 도시에 가려고 하는데, 좀 태워 줘."

"적은 얼마나 강하지?"

"적? 없는데."

"……적이 없다고?"

디트리니르가 어리둥절한 표정으로 에단을 보았다.

그럼 왜 소환한 것인가?

"그럼 무슨 이유로 나를 소환한 거지? 이게 마지막 소환이라는 걸 알 텐데, 계약자?"

"탈것이 필요했거든."

"……."

고작 탈것이 필요해서 마지막 소환 기회를 날렸다고?

디트리니르가 눈을 크게 떴다.

"이제 더 이상 나를 소환할 수 없다."

"고마웠다, 디트리니르. 두 번 다 아주 큰 도움이 됐어."

"……잘못 소환한 게 아니란 말이지?"

정말 에단은 자신을 탈것으로 사용하기 위해서 소환한 것 같았다.

"기회를 한 번 더 주겠다. 고작 탈것으로 쓰겠다고 기회를 허비하는 건 아쉽지 않겠나?"

"괜찮은데."

"아니다, 내가 주겠다."

"뭐, 주겠다면야."

디트리니르는 이 인간이 무슨 생각을 하고 있는지, 어디까지 갈지 상당히 궁금했다.

"계약을 변경한다. 소환 횟수를 2회에서 조건 없음으로!"

"조건 없음?"

"괜찮다, 나중엔 불러도 내가 응답하지 않겠다."

디트리니르와의 계약이 그대로 변경되었다.

'태고의 악 때 꽤 재밌었나 보군.'

디트리니르도 아마 그런 광경은 처음 겪었을 것이다.

'재미가 있을 만도 해.'

"그럼 타도록, 계약자."

에단이 디트리니르의 등에 올라탔다.

"안내 감사했습니다, 위겐 님. 다음엔 신성 제국에서 뵙겠습니다."

"예, 예! 에단 선생님! 또 뵙죠!"

드래곤을 타고 사라지는 에단의 모습은 위겐의 심장을 마구 뛰게 만들었다.

"에단 선생님이 있는 신성 제국은 도대체 어떤 곳일까……?"

일개 아카데미 교사가 마도 제국에서 마황 다음으로 강하다 평가받는 욘 스트릭랜드 공작을 상대로도 승리를 거뒀다.

게다가 드래곤까지 타고 다닌다.

이쯤 되니 위겐은 자신이 있는 이곳이 사실은 마도 제국이 아니고, 신성 제국이 진짜 마도 제국인 게 아닐까 생각했다.

"세상이 나를 상대로 속이고 있는 건…… 아니겠지?"
위겐은 그 자리에서 결심했다.
"이직해야겠어."
목적지는 신성 제국의 아카데미다.

* * *

쐐애애애애액-!
디트리니르의 속도는 엄청났다.
에단에게 증명이라도 하고 싶은지 살짝 무리해서 날고 있었는데, 그게 오히려 에단에게 좋았다.
"디트리니르! 저 거대한 부유석 보이지? 저 부유석을 중심으로 45도 각도에 표지판이 있어. 마나로 만들어진 건데, 너라면 충분히 찾을 수 있겠지?"
"맡겨만 다오. 하늘은 내 구역이다."
'역시 드래곤이야.'
천공 도시는 다른 이종족들의 도시와 마찬가지로 숨겨져 있는 도시다.
'접근성은 수중 도시만큼이나 떨어지지. 인간은 하늘을 날 수 없으니까.'
그곳에 사는 이들은 조인족. 인간의 몸에 새 머리를 한 종족이다.

물론 인간과 같은 모습에 날개가 달린 이들이 주류지만 말이다.

'여러모로 재밌는 도시지.'

하늘 위의 도시라 주민들 모두가 다 날아다니기 때문에, 이 광활한 하늘 전체가 그들의 영역이라 할 수 있었다.

'여기에 새벽회의 두 사도와 성녀가 있다.'

문 마더를 부활시키려는 사도와 막으려는 성녀가 있다.

'마지막 스텝이다.'

죽음의 위기에서 확실히 벗어나리라.

* * *

"여기부턴 길이 험해."

천공 도시로 가는 길은 상당히 험하다.

하늘길이라 불리는 이곳은 어딜 봐도 푸른 하늘뿐이다. 게다가 눈을 뜨기 힘들 만큼 강한 돌풍이 불어 길을 찾기가 쉽지 않다.

"이미 천공 도시의 영역에 들어왔어. 영역에 들어온 이상 외부의 침입자는 마법진의 영향을 받아."

"에단 휘커스."

디트리니르가 낮게 울었다.

"인간이 만든 마법이야 내 앞에선 의미가 없지."

"조인족인데."

"인간이든 조인족이든 내게는 똑같다."

쐐애애애애액-!

전속력으로 돌진하는 디트리니르에게 돌풍이 불어닥쳤다.

등에 타고 있던 에단조차 휘청거리게 만들 정도로 강렬한 돌풍이었다.

날개가 있는 이상 돌풍에 흔들릴 수밖에 없건만, 디트리니르의 날개는 거센 돌풍에도 굳건했다.

"오."

에단은 감탄했다. 역시 드래곤은 다르다.

"일전에는 상대가 나빴을 뿐이다."

오랫동안 산에서 군림하던 디트리니르에게 찾아온 게 바로 에단이었다.

그리고 그 다음으로 싸운 게 지저에서 호시탐탐 지상을 노리던 태고의 악 케트룬이었으니.

상대들이 너무 강했을 뿐. 디트리니르 또한 어디 가서 날개를 뽐낼 수 있을 만큼 강했다.

"에단 휘커스, 내 계약자여. 그대 이전에 그 누구도 나를 계약 관계로 묶은 자가 없다는 걸 생각해 주게."

쿠구구구궁-!

디트리니르가 돌풍을 통과하자 이번엔 먹구름이 찾아왔다.

양옆으로 거대한 먹구름이 몰려오더니 세찬 비와 번개가 쳤다.

콰르르르릉-!

"어딜."

디트리니르가 포효하자 그대로 먹구름이 사라졌다.

"워우."

에단이 감탄하며 박수를 쳤다.

"크흠!"

어째서일까. 다른 이가 박수를 쳤다면 조롱하는 것이냐고 화를 냈을 텐데.

기분이 퍽 괜찮았다.

아니, 상당히 좋았다.

"꽉 잡도록, 계약자!"

* * *

하늘길을 지키는 수많은 아티팩트와 마법을 돌파한 에단은 저 멀리 공중에 떠 있는 거대한 땅을 보았다.

"방금 지나 온 부유석보다 수백 배는 더 큰 부유석이

저 밑에 붙어 있어."

에단이 감탄하며 말했다.

"볼 때마다 느끼는 거지만 감탄이 절로 나오는군."

언젠가 봤던 영화 속의 천공 도시와 똑같은 모습이었다.

아니, 오히려 이쪽이 훨씬 더 규모가 컸다.

"조인족들은 생각보다 미적 감각이 뛰어나군. 내가 알던 조인족들과 다른데?"

"언제 알던 조인족인데?"

"200년 전쯤이다."

"저 도시가 만들어진 건 100년밖에 안 됐을 거야."

"흐음."

조인족들의 도시 스카이피아.

디트리니르가 스카이피아 쪽으로 다가갔다.

여기서부턴 조인족 전사들이 입구를 지키고 있었다.

등에는 날개가 달려 있었는데 몇몇은 하얀색이었고 몇몇은 그 색이 달랐다.

"색이 하얄수록 강하다고 하더라고."

"혈통 문제인가?"

"아마 그럴 거야. 제일 하얀 게 스카이피아의 왕족이라고 하니까."

멀리서도 조인족 전사들이 긴장한 모습이 보이는 것

이, 에단이 거대한 디트리니르를 타고 오는 걸 보고 당황한 모양이었다.

"사실 이 반응이 그리웠었다."

공포의 존재.

천공의 제왕.

모든 마법의 종주.

무릇 드래곤 중의 드래곤인 디트리니르를 수식하는 말이었다. 누구나 자신을 보면 겁을 먹었고 함부로 대할 수 없었다.

"즐겨, 디트리니르."

에단이 그런 디트리니르의 등을 퍽 치며 웃었다.

"누, 누구십니까!?"

"드래곤이 어째서 스카이피아에……?"

"무, 무슨 일로 오셨는지요?"

에단이 그들에게 말했다.

"살아남으려고 왔습니다."

"그게 무슨 말씀이신지……?"

조인족 전사들은 계속해서 디트리니르를 살폈다.

디트리니르는 근엄한 표정으로 조인족 전사를 내려다볼 뿐이었다.

"제게 병이 있습니다. 그 병을 치료하실 수 있는 분이 이 천공 도시에 계시다고 들었습니다."

"저희 스카이피아에 말입니까?"

"으으음."

병이 있다는 말에 조인족 전사들이 에단을 보았다.

다부진 모습 뒤에 병약함이 엿보였다. 하지만 함부로 문을 열어 줄 수는 없었다.

"그게 사실은……."

화르륵-.

그때 디트리니르가 콧김을 내뿜었다.

새카만 화염이 정확히 그들의 머리 위에 넘실거렸다.

"힉!"

놀란 조인족 전사가 다급하게 머리를 털었다. 하지만 디트리니르의 컨트롤은 완벽했다.

하지만 그들에게는 더할 나위 없이 두려운 행동이었기에, 조인족 전사들은 에단을 그대로 안으로 들여보내려고 했다.

"죄송한 말씀이지만 지금 천공 도시 내에 심각한 사태가 발생하여 외부인을 받아들일 수가 없습니다."

하지만 그때 안에서 누군가가 큰 소리로 외쳤다.

겁을 먹은 조인족 전사들 사이로 화려한 투구를 쓰고 긴 창을 든 조인족 전사 하나가 나와서 에단을 막았다.

"저는 이곳의 경비를 맡고 있는 경비대장입니다. 방금 말씀드린 것처럼 지금 스카이피아 내에 불경한 일이 벌어져 외부인의 출입을 막아 두고 있는 상황입니다. 먼 길 오시느라 고생하신 것은 알겠습니다만, 죄송합니다. 전하의 명입니다."

'안에 무슨 일이 생겼나 보군. 그래, 1, 2사도에 성녀까지 안에 있는데 들키지 않는 게 더 이상하지.'

에단은 이야기가 길어질 것 같단 생각에 우선 디트리니르의 등에서 내렸다.

사뿐하게 구름 위로 내려오자 곧바로 알림창이 떴다.

-천공 도시 스카이피아에 도착하셨습니다!
-업적을 달성했습니다!
-[날개가 없어도] 업적 달성에 따라 좋아요를 획득했습니다!
-좋아요를 '5'만큼 획득했습니다!

'오기 힘든 만큼 업적도 바로 달성했군.'

구름 위로 사뿐히 내려온 에단의 모습을 보고 조인족 경비대장이 눈썹을 꿈틀거렸다.

"이미 와 보신 적 있으신 분이시군요."

스카이피아의 바닥은 구름이다.

스카이피아에 온 다른 종족들이 가장 어려워하는 게 바로 이 구름 바닥이었다.

조인족들에게 구름은 단단하면서 동시에 부드러운 느낌이다. 반면에 다른 종족들에게 있어 구름은 그저 구름일 뿐이다.

쑥 누르면 발이 푹 들어가 빠질 것만 같은.

그렇기 때문에 다른 종족들은 섣불리 스카이피아의 바닥에 발을 내딛지를 못한다.

하지만 에단은 아주 가볍게 구름 바닥을 밟았다. 요컨대 처음 스카이피아를 방문한 게 아니라는 뜻이었다.

"처음은 아닙니다."

물론 에단 휘커스로서는 처음이었다.

"안에 무슨 일이 생겼기에 폐쇄가 된 겁니까?"

에단의 물음에 경비대장이 잠시 망설이더니 입을 열었다.

"스카이피아에 와 보신 적이 있으신 분이니, 저희 스카이피아의 역사를 아실 거라 생각합니다."

"네, 알고 있습니다."

"저희가 신성히 여기고 있는 신들의 땅이 지금 외부인에 의해 침범당한 상태입니다. 그 때문에 분노하신 전하께서 모든 외부인들의 출입을 금하셨습니다."

조인족 사이에서 내려오는 전설이 있다.

하늘섬에 사는 평범한 인간이었던 조인족들에게 신들이 내려와 날개를 선사하고 이 하늘의 땅을 주었노라고.

그 신들이 내려온 곳을 신들의 도시라 명명하고, 그 신들의 도시를 중심으로 형성된 거대한 도시가 바로 천공 도시 스카이피아였다.

"하지만 거기에 진짜 신들의 도시가 있는 건 아니지 않습니까? 전통 때문에 빈 땅을 폐쇄해 두었다고 알고 있습니다."

"예, 그곳은 확실히 빈 땅입니다. 하지만 그렇다고 외부인이 함부로 들어갈 수 있는 곳은 아닙니다. 그 안에 무엇이 있든 저희는 신들의 도시라 부르며 신성히 여기고 있으니까요."

신들의 도시는 스카이피아에 전해지는 전설 같은 것이었기에 실체는 없다.

'분명 거기에 있지만 눈으론 볼 수 없다고 하더라고.'

메판에서 스카이피아에 방문했을 때 들었던 이야기였다. 에단 또한 직접 들어가 확인해 봤지만 그곳엔 아무것도 없었다.

'거기다 그 신들의 도시 자체가 워낙 커서.'

그냥 빈 땅으로 두기 아까울 정도로 컸지만 천공 도시의 일에 굳이 관여할 이유가 없어 그냥 떠났었다.

"그 땅에 침입자가 들어온 거군요."

신성히 여기는 그 땅에 외부인이 침입했다.

"예, 그 때문에 스카이피아가 어수선한 상태입니다. 기존에 있던 외부인들도 현재 움직임이 제한되어 밖으로 나가지 못하십니다."

지상에서는 볼 수 없는 천공 도시만의 자연 광경, 이곳에서만 자라나는 약초들과 하늘광맥 같은 것들을 즐길 수 없는 상태라는 뜻이었다.

'들어가지도 나오지도 못하는 상황인가.'

디트리니르가 에단을 보았다. 여차하면 힘으로 밀고 들어가는 게 어떠냐 제안하는 듯한 표정이었다.

'그건 악수지.'

지금 중요한 건 힘이 아니다.

'명성으로 간다.'

"경비대장님, 저는 에단 휘커스라는 사람입니다."

"……예?"

에단의 자기소개에 경비대장이 두 눈을 껌뻑였다.

그러더니 눈이 찢어져라 크게 뜨며 입을 벌렸다.

"어, 어! 정말 그 에단 휘커스 님이십니까?"

"예, 이베카 아카데미의 교사인 에단 휘커스라고 합니다."

에단의 명성은 천공 도시까지도 퍼져 있었다.

'이름 정도만 알고 있을 거라고 생각했는데. 반응을 보니 내가 누군지 확실히 알고 있는 것 같은데?'

"제 동생이 아카데미를 다닙니다! 이번 교류제도 참여

했었습니다. 제 동생 이름이 에이치피고, 보그 아카데미 출신인데……."

'오호라.'

명성과 더불어 한 가지 힘을 더 쓸 수 있게 되었다.

'인맥.'

에단은 교류제 당시의 기억을 떠올렸다.

'알고 있긴 해. 정확한 정보는 몰라도 말이야.'

기억하기로는 특이하게 생겼었는데. 그 특이한 외견은 아마 조인족이기 때문인 듯했다.

'독기가 상당했었어.'

"아! 에이치피 학생의 가족분이셨군요. 반갑습니다. 보그 아카데미의 학생들은 교류제 때 처음 보았는데, 모두 다 수준이 다 우수하더군요. 확실히 입학 때부터 어려운 시험을 보고 입학하는 보그 아카데미다웠습니다."

에단의 칭찬에 경비대장이 흐뭇한 표정을 지었다.

"보그 아카데미는 첫 교류제 참석이었는데도 불구하고 우수한 성적을 냈습니다. 에이치피 학생의 활약이 없었다면 그런 성적을 내기 힘들었을 겁니다. 대표 학생들과 더불어 아주 훌륭한 모습이었습니다. 형님분의 응원이 있었기에 더 힘을 냈을 겁니다."

에단의 말에 경비대장이 눈물을 글썽였다.

"저희 형제는 조인족 혼혈인데, 저와 달리 동생은 날개가 없어 여기서 꽤 많이 힘든 시간을 보냈습니다. 그래서 보그 아카데미로 보냈던 건데…… 흑, 힘든 티를 많이 내서 적응을 못하고 있는 줄로만 알았는데, 잘하고 있었군요."

에단이 잠시 침묵하자 경비대장이 문을 열었다.

"제 재량으로 열 수 있습니다. 나중에 좀 깨지면 됩니다."

그 모습을 본 디트리니르가 꼬리를 슬쩍 흔들었다. 에단의 수완에 감탄한 모습이었다.

"아닙니다, 그러실 필요 없습니다. 혹시 말을 좀 전해 주실 수 있겠습니까?"

에단은 단순히 문을 열고 들어가는 게 목적이 아니었다.

"어떤 분에게 말을 전하면 되겠습니까?"

"전하께 전해 주십시오."

스카이피아를 다스리고 있는 조인족들의 왕 타이칸.

"이번 일, 제가 도울 수 있을 것 같다고 말입니다."

* * *

"또 불러다오."

디트리니르를 보낸 후, 에단은 조인족들의 왕인 타이

칸의 초대를 받아 정식으로 스카이피아에 들어가게 되었다.

스카이피아는 보면 볼수록 아름다운 도시였다.

하늘과 가장 가까운 곳.

아니, 하늘 그 자체인 곳이었다.

주변에 떠다니는 새하얀 구름 사이로 보이는 조인족 특유 양식의 건물은 상당히 아름다웠다.

'뾰족뾰족한 지붕이 돋보인단 말이야. 거기다 건물 중간중간에 구름이 껴 있어.'

마치 구름 사이에 건물을 지은 것 같은 모양새였다.

그중에서도 가장 아름다운 건 역시나 왕이 살고 있는 왕궁이었다.

석양빛으로 물들어 있는 거대한 구름이 상당히 인상적이었다.

"이리 오시면 됩니다."

에단은 경비대장의 안내에 따라 궁전 안으로 들어갔다.

내부를 거쳐 응접실에 도착한 에단에게 여러 조인족 전사들이 시선을 보냈다.

가뜩이나 외부인 때문에 골머리를 앓고 있는 상황인데, 또 다른 외부인이 보이니 시선이 안 좋을 수밖에 없었다.

"전하께서 기다리십니다."

거대한 문이 열리자 시끄러운 소리가 들려왔다.

안에선 여러 조인족들이 논쟁을 벌이고 있었다.

"지금 당장 군대를 투입해서 그자들을 잡아 죽여야 합니다!"

"신성한 땅에 무기를 든 자를 들여보내는 게 말이 됩니까? 최소한의 인원으로 찾는 게 우선입니다!"

"지금은 상황이 다르오! 신성한 땅을 더럽히는 놈들을 찾는 일이 얼마나 중한 일인데!"

"그렇다고 해서 우리가 같은 부류가 될 순 없지 않습니까!"

"그럼 최소한의 인원만 보내서 어디 있는지도 모르는 놈들을 찾자, 이 말입니까?"

"그렇소."

"그럼 놈들이 우리의 땅을 다 더럽힌 다음에 찾아오게 되겠지!"

"다들 닥치시오!"

논쟁을 벌이는 신하들 사이에서 조인족들의 왕 타이칸이 고개를 절레절레 젓고 있었다.

그러다 타이칸이 에단을 보았다.

"지상의 귀족께서 오셨군. 에단 휘커스 경! 잘 오셨소!"

타이칸이 한 줄기 희망을 보듯 에단을 보았다.

"스카이피아에 온 걸 환영하오!"

에단이 꾸벅 인사했다.

"안녕하십니까."

상당히 어수선한 분위기였지만 외부인인 에단이 들어오자 분열되어 싸우고 있던 조인족들이 일제히 에단을 째려보았다.

정말 다양한 외견의 조인족들이었다.

인간과 똑같은 외견에 날개만 달린 조인족부터 부엉이처럼 생긴 조인족, 참새처럼 생긴 아주 작은 조인족, 그리고 거대한 조인족까지.

조인족들의 왕인 타이칸은 그중에서도 가장 커 보였다.

'펠리칸 같은 새일 거야, 아마.'

"어수선한 상황에 제 방문이 탐탁지 않으실 텐데. 전 스카이피아를 도우러 왔습니다. 표정들 푸시지요."

그리 말한 에단이 조인족들을 가로질러 타이칸에게 향했다.

"환영에 감사드립니다, 전하."

"에단 휘커스 경, 이야기를 듣자 하니 찾는 사람이 있다고 하던데. 게다가 우리의 신성한 땅에 침입한 인간들을 잡는데 큰 도움을 줄 수 있다고도 했다지?"

타이칸이 흥미롭다는 듯이 에단을 보았다.

에단에게 적대감을 보이던 조인족 신하들이 에단의 말 한마디에 꾹 입을 다물고 있었다.

에단에게서 피어오르는 오라 때문이었다.

이 오라는 정확하게 신하들에게만 향해 있어서 왕인 타이칸은 전혀 느끼지 못했다.

요컨대 예의와 무례의 균형을 정확하게 맞췄다는 소리였다.

"예, 제가 도움을 드릴 수 있을 듯합니다. 하지만 아직 자세한 이야기를 듣지 못했습니다. 그에 대해 이야기해 주시면 더 확실하게 말씀드릴 수 있을 듯합니다."

"그럼 처음부터 이야기해 주도록 하겠네. 시간을 꽤 되감아야 하네."

타이칸이 설명을 시작했다.

* * *

얼마 전.

천공 도시에 기이한 손님들이 찾아왔다고 했다.

먼저 찾아온 건 성스러운 기운이 가득한 사람이라고 했다.

아름다운 외모에 성스러운 오라가 엄청났기 때문에, 조인족들은 그녀를 스카이피아로 바로 들여보냈다고 했다.

"지상에서 말하는 성녀가 아닐까 싶을 정도로 성스러운 사람이라는 보고를 받았네. 그녀는 신들의 땅에 대해서 묻고는 얼마 지나지 않아 그 땅에 침입했다네. 직접 본 이들의 말로는 전혀 그렇게 보일 사람이 아니었다고 하는데, 결국 그 보는 눈이 틀렸던 게지. 그 성스러운 인간이 우리의 신성한 땅에 침범한 걸 안 우리는 바로 대처하려고 했네. 하지만 정말 오랜만에 벌어진 일이라, 대처 방법을 정하느라 시간을 허비하고 말았네."

아직 제대로 된 대처가 정해지지 않은 상태에서 또 다른 인간들이 찾아왔다.

그들은 상당히 불길한 기운이 풍기는 이들이었다.

"본래라면 받아들이지 않았을 텐데, 이미 신성한 땅이 침범당한 상태라 제대로 대처를 하지 못했지. 하늘광맥에서 광석과 약초를 채집해 가겠다고 하길래 돈을 받고 들여보냈네."

그러나 그들은 앞서 찾아온 사람과 마찬가지로 신성한 땅에 숨어들어 버렸다.

"성스러운 인간에 더해 불길한 기운을 가진 인간 둘까지. 지금껏 없던 일이라 상당히 당황스러웠네."

그리고 시간이 지나 지금.

계속해서 그들을 찾아내려고 하고 있지만 흔적조차 찾지 못하고 있었다.

"추적 방법에 대해서 계속 논했지. 그곳은 우리의 신성한 땅. 조용하고 고요해야 하네. 시끄럽게 굴 수는 없어."

하지만 추격을 위해서라면 인원을 더 투입해야 했다.

"그 때문에 싸우고 계셨던 거군요."

"솔직히 말하겠네. 사실 대응 방법 같은 건 중요하지 않아. 그보다 더 중요한 게 있어. 우리가 그들을 모른다는 걸세. 그들이 왜 우리의 신성한 땅을 침범했는지 말이야. 그 땅은 우리에게나 전통이 있고 신성한 땅이지, 정작 안에는 그 어떤 것도 없는 곳이야. 보물도 없고 숨겨진 것도 없네. 있는 건 신이 내려왔다 하는 땅에 우뚝 솟은 거대한 비석 하나뿐이야."

조인족이 아닌 이들에게 그곳은 아무런 의미도 없는 곳이었다.

그들이 혹할 만한 건 아무것도 없다.

그런데도 불구하고 이들이 그 땅에 들어갔다는 것이 상당히 의아했다.

분명 어떤 목적을 가지고 들어간 것일 텐데, 그 목적을 모르고 그저 찾기만 해야 한다는 게 타이칸은 썩 마음에 들지 않았다.

"특히 먼저 들어간 그 성스러운 인간 여성. 뒤에 들어간 불길한 두 명은 그 여성을 쫓아 들어간 것 같단 말일

세. 우리의 신성한 땅에 침입자 세 명이 침입했음에도 상황을 제대로 파악하고 있지 못해."

타이칸이 신하들을 돌아보았다.

그들도 왕의 불만을 아주 잘 알고 있었다.

그러나 그들 또한 왕의 불만을 풀어 줄 수가 없었다. 그도 그럴 것이 아무리 조사를 해 봐도 그 연관성이 보이지 않았기 때문이었다.

그들이 누군지.

어떤 목적을 가지고 그 땅에 침입했는지 알 수가 없다.

"음."

"이게 이야기의 끝이네. 그래, 그럼 어떻게 우릴 도와주려 하는가? 그 어떤 도움이든 감사하게 받겠네."

사소한 것이라도 좋다.

"전하."

에단이 말했다.

"그들이 누군지, 목적이 뭔지는 우선 제쳐 둘 문제지요. 중요한 건 그들을 신성한 땅에서 내쫓는 일 아닙니까?"

"맞네."

"제가 그들을 찾아서 내보내겠습니다."

"그대가 그렇게 하겠다고?"

타이칸이 놀란 표정을 지었다.

"어째서?"

"확실하지는 않지만, 가장 먼저 들어간 성스러운 인간 여성이 제가 찾던 사람일 가능성이 높습니다."

"허, 그 사람이 자네가 찾고 있는 사람이라고? 그럼 그녀가 누군지 알겠군. 그녀는 누군가?"

"홀리라이트 교단의 성녀입니다."

"!"

에단의 말에 신하들이 눈을 크게 떴다.

"성녀가 어째서……?"

"홀리라이트 교단의 성녀가 왜 우리의 신성한 땅에 함부로 들어갔단 말입니까? 우리에게 협조 요청을 했다면 합법적으로 들어갈 수도 있었을 텐데요."

"아마도 사정이 있었을 겁니다. 협조 요청을 할 시간이 없었다거나, 아니면 협조 요청을 하는 순간 누군가가 알게 된다거나 하는 이유로 말입니다."

에단이 신하들을 보았다.

'새벽회의 끄나풀이 몇 명 있군.'

"우리의 신성한 땅에 들어가는 걸 누군가가 알면 안 된다?"

"예.

에단은 그렇게 말하며 타이칸 왕에게만 보이게끔 입을 뻐끔거렸다. 끄나풀이 누군지 그대로 이야기해 준 것이다.

갑작스런 에단의 행동에도 타이칸 왕은 금세 상황을 이해한 듯 근엄한 표정을 유지했다.

"좋네, 자네에게 부탁하겠네. 확실하게 보상을 할 테니 부디 우리의 신성한 땅에서 침입자들을 내쫓아 주게나."

"예, 최선을 다하겠습니다."

* * *

스카이피아 시내.

신성한 땅에 들어가기 전, 에단은 여러 가지 준비를 했다.

'탕약을 만들어 놔야지.'

그곳에서 1, 2사도와 싸우게 될 것이다. 그들은 새벽회주와 마찬가지로 그 능력의 정체와 한계가 미지수인 자들.

'할 수 있는 한 최대한의 준비를 해 둬야 한다.'

스카이피아 내에는 다양한 상점들이 있었다.

'스카이피아에서만 자라는 약초들이 있거든.'

이 스카이피아의 약초들은 오로지 이 스카이피아에서만 취급된다. 그 효과가 상당히 좋지만 다른 영지로 판매되진 않았다.

'하늘 바깥으로 나가면 급속도로 시들어 버리거든.'

말 그대로 그냥 풀이 되어 버리는 것이다.

많은 이들이 어떻게든 효과를 보존한 채 가지고 나가려고 많은 시도를 했다. 하지만 그러는 데 상당한 돈이 들고, 그 돈이면 차라리 지상의 더 비싼 약초를 사는 게 이득이라는 계산이 나왔다.

결국 스카이피아의 약초 수출 계획은 엎어지고 말았다.

'효과 하나는 확실하니까.'

어차피 돈은 많다. 에단은 살 수 있는 모든 약초를 구매했다.

"음?"

그렇게 구매한 약초로 탕약을 만들기 위하여 공방 쪽으로 가고 있던 도중.

에단은 익숙한 오라를 가진 사람을 발견했다.

"응?"

그와 마찬가지로 저쪽도 에단을 발견하고는 놀란 표정을 짓고 있었다.

멋들어진 모자가 상당히 인상적인 사내였다.

'나한테 있는 힘이 저 사람한테도 느껴지는데?'

모자 쓴 사내가 에단에게 다가와 물었다.

"혹시 영웅의 탑에 오른 적이 있나?"

순간 에단의 머릿속에 퍼즐이 맞춰지기 시작했다.

'느껴진 건 필중의 힘이다.'

같은 힘을 가지고 있기에 보자마자 느낀 것이다.

'클리어한 사람이 분명 있다고 했었지.'

에단이 클리어한 영웅의 탑은 공식적으로 딱 한 명. 클리어 한 이가 있었다.

'어디서 많이 봤는데.'

그의 모자를 보자 기억이 날 듯 말 듯했다. 등에 메고 있는 검과 허리춤에 달린 작은 주머니들. 그리고 육망성의 철 목걸이까지.

'그 사람이다. 확실해.'

전설적인 모험가 로디튼.

"이렇게 선배님을 만나 뵙게 될 줄은 몰랐습니다. 반갑습니다, 로디튼 님."

"나를 아는가? 그것보다 선배님이라니? 자네도 역시 영웅의 탑을 클리어한 거군? 그렇지?"

'역시 로디튼이 맞았구만.'

"예, 맞습니다. 저도 클리어하여 이 힘을 부여받았습니다."

에단이 그렇게 말하고는 필중의 힘을 손에 깃들게 했다.

"그 위험한 곳에 간 멍청이가 또 있었다니! 놀랍네, 로디튼. 당신 같은 인간이 또 있었어!"

로디튼의 등 뒤에서 목소리가 들려왔다.

로디튼이 등을 퍽 한 번 치더니 검을 꺼내 들었다.

"왜 때려! 어차피 너만 아프지!"

"아, 그, 내 파트너요. 에고 소드인데, 성격이 좋지 않고 말도 많은 편이라. 갑작스레 실례했소."

"말이 적은 에고 소드가 있어? 애초에 말을 하는 검이라서 에고 소드인데. 말이 적으면 그냥 소드지, 이 사람아."

"어허! 그 입을 좀 닥칠 순 없겠니?"

"난 입이 없는데? 그래서 닥치는 방법을 몰라."

"이거 참, 후배 앞에서 이게 무슨 망발이냐, 메리."

"근데 저 사람, 그 사람 아니야?"

"네 전 주인이야?"

"무슨 소리야! 그게 아니라 그, 있잖아! 요즘 유명한 사람! 에단 휘커스! 그 이베카 아카데미의 선생!"

"아, 맞습니다. 제가 에단 휘커스입니다."

"그치? 맞지? 하하하하-!"

"이베카 아카데미의 선생이시라고요?"

로디튼이 에단을 보았다.

"그 유명한 에단 휘커스 선생님이시라고?"

"선생님, 로디튼에게 좀 가르침을 주세요."

'장난스럽게 대화하고 있지만 저 에고 소드, 상당한데.'

에단은 저 검의 정체를 알고 있다. 전설적인 모험가 로디튼이 가진 여러 보물 중 가장 특이하고 강력한 것.

'실물로 보는 건 처음인데.'

메판 내에서 딱 한 자루밖에 없는 명검이자 피의 저주가 걸려 있다는 블러디 메리였다.

'피에 미친 검이라고 들었는데.'

보아하니 로디튼이 검을 완벽하게 길들인 듯했다.

'……저걸 길들였다고 봐야 할지는 모르겠지만.'

적어도 로디튼의 실력 또한 확실하다는 소리였다.

'애초에 영웅의 탑을 통과한 사람이니까.'

게다가 그의 칭호는 '전설적인 모험가'다.

아무에게나 붙여 주는 칭호가 아닐뿐더러 로디튼이 죽지 않는 이상 이 칭호는 오롯하게 로디튼만 가질 수 있는 칭호였다.

'딱 한 명만 가질 수 있는 칭호니까 말이야.'

"그래서, 선생께서는 이 천공 도시에 무슨 일로 오셨습니까? 영웅의 탑을 클리어했다면 다른 의뢰도 하나 더 받았을 텐데? 아주 어마어마한 거 있잖습니까?"

"아, 그 퀘스트는 이미 끝냈습니다."

"……끝냈다고? 설마, 그럴 리가 없는데."

태고의 악 이야기를 꺼내기 전에 먼저 에단이 입을 열었다.

"사람을 찾으러 왔습니다."

"……사람? 마침 나도 사람을 찾으러 왔는데."

로디튼이 말했다.

"설마 같은 사람을 찾으러 온 건 아니겠지. 하하하-."

"로디튼은 성녀를 찾으러 왔는데, 에단 선생은 누굴 찾으러 왔어요?"

"……예?"

에단이 순간 표정 관리에 실패했다.

"성녀님을 왜 찾으시는 겁니까?"

"의뢰를 받았거든. 근데…… 표정이 이상하네? 혹시."

로디튼은 눈치가 빨랐다.

"농담으로 말한 건데, 진짜 우리가 찾는 사람이 에단 선생이 찾는 사람인가 본데!? 에단 선생도 성녀를 찾으러 온 거야?"

에고 소드가 큰 소리로 말했다.

"이런 건 좀 분위기를 잡아야 하는 거라고. 메리, 넌 멋을 몰라도 한참 몰라."

"물방울무늬 팬티를 입은 너보단 멋질걸. 이 검신을 보면 몰라?"

"닥쳐."

"로디튼 님."

에단이 말했다.

"말씀하신 대로, 저는 홀리라이트 교단의 성녀님을 찾으러 왔습니다."

그 말을 듣자 로디튼의 눈썹이 꿈틀거렸다.

"누굽니까?"

에단이 말했다.

"찾아 달라 의뢰한 사람."

물어봐도 이야기를 들을 수 있을 거라 생각하지 않았다.

만약 그렇다고 한다면 설득할 요량이었다.

"말해 주는 건 어렵지 않지."

그러나 로디튼은 가볍게 이야기했다. 그리 비밀이 아니라는 것처럼 말이다.

"마황. 마도 제국의 황제."

생각지도 못한 이름이었다.

2장

2장

'마황이 왜?'

에단의 머릿속이 순간 복잡해졌다.

성녀가 대륙의 위기를 막기 위해 1, 2사도의 계획을 방해하고 있다는 것까지는 익히 알고 있는 사실이었다.

'그런데 왜 마황이 성녀를 찾지?'

"혹시 이유를 아십니까?"

"에단 휘커스 선생, 의뢰인을 알려 준 것도 선의에 의해서였어. 이 이상은 나도 이야기해 줄 수가 없다고."

"뭘 그리 아껴, 로디튼! 받으면서도 찝찝해했잖아! 마황에게 진 빚을 갚으려고 의뢰를 받은 거 아니야?"

"쉿. 거참, 원래 한번은 튕겨 줘야 한다고! 그걸 바로 말해 버리면 내가 촉새가 되어 버리잖아."

"근데 맞잖아?"

"아, 좀."

"제가 성녀를 찾는 건 제 안의 절멸증을 없애기 위함입니다."

에단의 말에 로디튼이 에단을 자세히 보았다.

"으으음, 절멸증이 있다는 건 보자마자 알았는데. 지금 보니까 이상한데?"

"세간의 절멸증은 제 절멸증을 재해석한 겁니다."

"절멸증의 원본이라는 건가?"

로디튼이 손을 내밀었다.

"한번 볼 수 있을까?"

에단은 지체 없이 로디튼의 손을 잡았다.

순간 로디튼은 거대한 무저갱을 보았다.

지저를 봤던 로디튼이기에 알 수 있었다.

에단의 안에 지저보다 더한 어둠이 있다는 것을.

그러나 로디튼은 한없이 침착했다.

쏟아지는 거대한 쇠사슬을 피해 내고는 천천히 에단의 손을 놓았다.

"무서운 걸 달고 있군. 에단 선생이 말한 그대로야. 절멸증보다 더 깊은 절멸증. 절멸증의 원본이라 할 만하군!"

로디튼이 이마에 맺힌 땀을 닦았다.

"와, 로디튼. 그렇게 식은땀을 흘리는 건 처음 아니야?"
"선 채로 죽을 뻔했거든."
팔짱을 낀 로디튼이 이내 머리를 털더니 입을 열었다.
"뭔가 복잡하게 엮여 있는 것 같은데, 내가 괜히 낀 게 아닐까 싶어. 마황이 정말 제대로 내 빚을 써먹는 거 같은데."
"내가 그랬잖아. 절대 빚을 만들지 말라고."
"그때는 어쩔 수 없었다고."
로디튼이 혀를 찼다.
"마황의 상태가 영 이상하다는 건 압니까, 에단 선생?"
"마황을 본 적이 없습니다."
"마도 제국에 온 지 얼마 안 되셨나? 음, 아무튼 마황의 상태가 상당히 이상합니다. 예전엔 삼신의 일인인 만큼 확실히 보이는 총기가 있었거든. 그런데 이제는 그런 게 없어졌어요. 무언가에 홀린 것처럼 말입니다. 듣자하니 성황과 마황이 자주 만난다고 하던데, 내가 보기엔 딱 그 타이밍쯤 같거든."

로디튼의 말에 에고 소드 메리가 화답했다.

"맞아! 그때라고, 에단 선생! 마황이 그때부터 이상해졌어. 뭔가에 홀린 것 같았다니까?"

'둘이 주기적으로 만난다는 건 알고 있다.'

"대련을 합니까?"

"오!"

"어떻게 알았지?"

메리가 역시 대단한 선생이라면서 입으로 박수 소리를 냈다.

"결과는 항상 무승부라고 하던데. 어쩌면 그날 승부가 났는지도 모르지."

"그래서 힘이 필요하다 느낀 걸지도 모르고. 설마 그 탓에 미쳐 버린 건가?"

메리의 말에 로디튼이 고개를 끄덕였다.

"어디까지나 예상이긴 하지만. 만약 마황이 변했다면 성황과의 싸움에서 패배한 게 자극이 됐겠지."

"……."

에단은 한껏 인상을 썼다.

"너무 진지하게 생각할 필요는 없다고, 선생. 어찌 됐든 마황이 성녀를 반드시 데려와야 한다고 했거든. 그녀에게 꼭 맡길게 있다고. 그런데 나한텐 전혀 그렇게 안 들려서 말이야."

"그렇게 안 들렸다는 건?"

"성녀를 잡아 두고 있으라는 말로 들렸거든."

"잡아 두고 있으라?"

"데려오라는 말이 와닿지 않았거든. 뭔가 맡길 게 있다고 했는데, 자세한 것도 이야기해 주지 않았고, 간절히 바라는 것 같지도 않았고."

"로디튼이 이래 보여도 추적은 엄청나게 잘하거든!"

"……."

에단이 잠시 골똘히 생각했다.

마황과 성황의 대련.

'마황은 성황에게 패배하고 힘에 집착하게 되었다.'

삼신의 균형이 깨져 버린 것이다.

'정신적인 충격이 컸을 수도 있겠지.'

그리고 접근해 오는 새벽회의 마수. 당장 신성 제국의 재상 또한 그 마수에 타락했었다.

스스로 목숨을 끊음으로 그 고통에서 벗어나려고 했었고.

'강자일수록 더더욱 그럴 수밖에 없지. 그리고 새벽회가 워낙 그런 걸 잘하니까.'

설마하니 삼신급인 마황에게도 그 마수를 뻗쳤을 줄이야.

'1, 2사도가 마황을 부추겼다면…… 마황은 마황 나름대로 그들에게 도움을 줬다고 볼 수 있겠어.'

1, 2사도만 상대하면 될 거라고 생각했는데. 설마하니 마도 제국의 1인자까지 엮여 있을 줄은 몰랐다.

'일단은 성녀부터 찾는다.'

복잡하게 생각할 필요 없다.

에단의 목적은 성녀를 찾아 절멸증을 치료하는 것이다.

'성녀를 찾아 치료받는다. 그거면 돼. 복잡한 일에 복잡하게 따라갈 필요 없어.'

자신은 명확한 목적에 따라 심플하게 움직이면 되는 것이다.

'물론…… 계속 생각은 해 봐야겠지만.'

생각은 생각대로, 행동은 행동대로 하는 게 속 편했다.

"그럼 로디튼 님의 목적은 성녀님을 찾는 거군요."

"그런 셈이요, 선생. 뭐, 데려오라고는 했지만 그건 바로 하지 않아도 되는 일이니까. 찾으면 선생의 병을 치료할 수 있는지 먼저 확인해 보라고."

"로디튼이 보기보다 착해."

"그냥 척 봐도 착해 보이지. 보기보다 착한 건 아니야."

"지랄."

로디튼이 조용히 메리를 꺼내 들어 반복해서 바닥에 내리쳤다.

"그럼 전설적인 모험가이신 로디튼 님의 덕을 좀 보겠습니다."

'찾으려면 한참 걸릴 거라고 생각했는데. 로디튼이 합류한다면 이야기가 달라지지.'

"근데 선생, 들어갈 방법은 있습니까? 지금 상당히 예민한 상태라, 따로 방법을 찾고 있었는데 말입니다."

"그냥 몰래 들어가자니까. 나중에 다 설명하면 되잖아? 좋은 게 좋은 거 아니겠어?"

"두 분의 호흡이 상당하군요."

"후, 아무튼 방법이 있다면 그 방법에 따르겠소. 보아하니 이번 일은 내가 주인공이 될 만한 이야기가 아닌 것 같거든."

그렇게 말하며 로디튼이 눈을 반짝였다.

'역시 모험가는 모험가야. 이것도 모험의 일종이라고 생각하는 거겠지.'

"이미 성스러운 땅에 들어가도 좋다는 허락을 받았습니다."

"오."

"로디튼보다 더 수완이 좋은데? 로디튼, 지금이라도 늦지 않았어. 요새는 늦깎이 학생들도 많대. 이베카 아카데미로 들어가자."

"환영합니다, 로디튼 님."

"……."

로디튼이 고개를 절레절레 저었다.

그러고는 에단의 옆으로 가 조심스레 물었다.

"근데 말이에요. 태고의 악을 어떻게 한 겁니까? 방금 끝냈다고 말했는데, 설마 그 태고의 악을 봉인한 겁니까?"

"봉인한 건 아니고요. 재주가 좀 있어서, 테이밍했습니다."

"……예?"

"뭐?"

메리까지 어이없다는 듯 되물었다.

"테이밍?"

"내가 아는 테이밍? 길들이는 거? 그 태고의 악을 길들였다고?"

"완벽한 건 아닙니다."

"아니, 테이밍이라니…… 그게 가능한 거였나?"

"로디튼이 간만 보다가 각이 안 나온다고 던져 둔 건데! 역시 에단 선생이셔!"

"거참, 각이 안 나온다니. 말이 서운하네, 메리."

"근데 맞잖아."

"……맞긴 하지. 설마하니 테이밍 같은 걸 할 수 있을 거라곤 생각도 못했다고."

로디튼은 새삼 에단을 달리 보게 되었다.

"그럼 혹시…… 영웅의 탑에서도 죽을 뻔한 적 없소?"

"있긴 있었습니다만."

"마지막 관문?"

"거기가 가장 위협적이었습니다."

"이제야 좀 사람처럼 보이네. 그래, 그래도 그런 부분은 있어야지!"

"이제 기가 좀 사나 봐, 로디튼?"

"하하하하하-."

잡다한 이야기를 하며 움직인 둘, 아니, 셋은 곧 성스러운 땅 입구에 도착했다.

성스러운 땅으로 향하는 입구는 진을 치고 지키는 수많은 조인족들에 의해 폐쇄된 상태였다.

"에단 휘커스 님이시군요! 전하의 명령을 전달받았습니다! 그런데 이분은……?"

"이번 일을 도와주실 분입니다."

"아, 그렇군요! 전하께서 에단 휘커스 님을 최대한 도우라고 하셨습니다. 저희 측 인원을 얼마든지 이용하셔도 됩니다."

"아뇨, 괜찮습니다. 이분과 둘이면 충분합니다."

로디튼이 진중한 표정으로 조인족들과 눈을 마주쳤다.

"실례하겠소."

* * *

성스러운 땅.

신들의 도시.

"삭막한 곳이네. 신들의 도시라고 하더니, 도시는커녕

허공에 떠다니는 섬 몇 개가 있을 뿐이야."

"그러게. 김샜어."

처음엔 에단도 그런 반응이었다.

'메판에서도 아무것도 없었고 말이야.'

에단은 우선 호루스의 눈과 와룡시로 주변을 살폈다.

그러고는 감각에 집중했다.

'아무것도 없을 리가 없어. 분명 신들의 도시는 존재한다. 1, 2사도는 그걸 알고 있었어.'

"이거, 어디서부터 찾아야 할지 모르겠는데? 빈 허공이라."

"로디튼 님, 저쪽을 중심으로 추적을 시작해 주십시오. 저기에 숨겨진 무언가가 있습니다."

"숨겨진 무언가가 있다고?"

로디튼이 메리를 들고 빠르게 허공을 향해 뛰었다.

"!"

분명 아무것도 없는 공간 같았는데, 가까이서 보니 투명한 발판 같은 게 있었다. 그 위에 선 로디튼이 마치 허공에 서 있는 것처럼 보였다.

"계속 가십시오."

에단의 두 눈이 빛났다.

"……뭐지, 이게? 분명 아무것도 느껴지지 않는데. 마법의 기운도, 아티팩트의 기운도 느껴지지 않아."

"뭔데, 로디튼! 어떻게 허공을 날고 있는 거야?"
"발판이 있다. 분명 아무런 기운도 느껴지지 않는데."
로디튼이 놀라며 에단을 돌아보았다.
"어떻게 봤소?"
에단이 말했다.
"제가 눈이 좀 좋습니다."
각성한 호루스의 눈엔 원래라면 보이지 않을 모든 것들이 보였다.
'메판에선 보지 못하고 놓쳤던 것들이 지금은 전부 다 보여.'
로디튼은 에단이 가리키는 대로 투명한 발판을 밟고 한 걸음씩 앞으로 나아갔다.
"거기서부터는 로디튼 님의 영역입니다. 부탁드립니다."
로디튼은 그 말의 의미를 곧장 이해할 수 있었다.
"잠겨 있군."
로디튼이 품에서 뭔가를 꺼내 들었다.
그건 열쇠였다.
"만물신의 황금 열쇠."
열쇠의 능력은 딱 하나였다.
무언가에 가려진 것이라면 그 대상이 무엇이든 진짜 정체를 밝힐 수 있는 능력이었다.

철컥-!

허공에 열쇠를 꽂는 시늉을 하고 돌리자 투명한 발판을 시작으로 주변의 풍경이 완전히 달라지기 시작했다.

'역시 전설적인 모험가. 사용하는 아티팩트 하나하나가 다른 이들과 수준이 달라.'

에단이 가볍게 발판을 밟고 로디튼이 있는 쪽으로 움직였다.

"훌륭하십니다."

"……칭찬은 내가 받을 게 아닌 것 같은데?"

"로디튼이 밀렸다! 와하하하하!"

메리가 경쾌하게 웃었다.

* * *

에단과 로디튼 앞에 문이 활짝 열렸다.

"이런 게 있을 줄이야. 조인족들은 알고 있을까?"

"아마 모를 겁니다. 평생 모를 수밖에 없겠죠. 아까 보셨지 않습니까? 이 투명한 발판, 밟아야 생겨나는 겁니다."

하지만 조인족들은 날아다닌다. 평생 발판을 밟을 일이 없는 것이다.

"의도적으로 이렇게 만든 건가?"

"신성한 곳이니까요. 아무도 못 들어가게 만들었겠죠. 조인족을 잘 아는 누군가가 만들었을 겁니다."

"조인족의 선조 중 하나겠군."

로디튼은 입구 쪽에 서서 여러 아티팩트를 꺼내 들었다.

그러고는 입구 쪽에서 아티팩트를 하나하나 사용하며 안전한지 확인했다.

그렇게 5분 정도가 지나, 로디튼이 아티팩트를 싹 다 집어넣었다.

"15번. 확인 다 끝났소. 들어갑시다, 에단 선생."

에단이 신들의 도시로 향하는 입구를 보았다.

'로디튼이 먼저 확인하고 내가 마무리로 확인한다. 이러면 함정을 밟고 싶어도 밟을 수가 없지.'

샤아악-.

에단과 로디튼이 신들의 도시로 발을 들였다.

구우웅-.

안쪽으로 들어가자마자 펼쳐진 건 숲이었다.

한 걸음 내딛자마자 에단은 감각이 뒤틀리는 걸 느꼈다.

"!"

"이 공간 이상해. 정말 이상해."

로디튼과 메리도 그걸 느낀 듯했다. 특히 로디튼은 현기증이라도 나는지 관자놀이에 손을 가져다 대며 살짝

2장 〈59〉

비틀거렸다.

"뭔가 이상하긴 한데. 일단은 성녀부터 찾자고."

로디튼이 품을 뒤져 수정 구슬 하나를 꺼냈다.

"대현자의 수정 구슬. 마황한테 받은 거지."

그리고 다음으로 꺼낸 건 자그마한 구슬 조각이었다.

"이것도 마황한테서 받은 거야. 성녀의 목걸이에서 떨어져 나온 파편이라 하던데. 이게 있으면 추격이 가능해."

"흔적이 있다면 저도 추적이 가능합니다."

"오! 그렇다면 함께 찾아보자고. 에단 선생이라면 추적도 꽤 잘할 것 같은데. 이 일이 끝나면 같이 모험이나 떠나 보자고."

"즐거울 거야! 로디튼은 재밌는 곳을 잘 찾거든. 선생도 그런 곳을 좋아하지?"

"보물을 찾는 건 항상 즐거운 일이죠."

"역시! 모험의 끝은 보물이잖아? 카핫핫."

메리가 즐거운 듯 웃음소리를 냈다.

에단은 로디튼이 건네준 구슬 조각을 만져 곧바로 스킬을 사용했다.

-달빛 추적을 사용합니다.

샤아아아아악-.

에단의 눈에 새파란 빛이 보이기 시작했다.

빛이 곧바로 하늘 위로 오르더니 이내 꺾여 성녀가 있을 만한 장소를 가리키기 시작했다.

여러모로 수준 높은 두 사람이 동시에 추적하니 크로스 체크가 되어 성녀를 찾을 확률이 대폭 상승했다.

"찾았나?"

"예, 방향이 보입니다."

"그럼 가 보자고, 선생."

로디튼이 앞장서고 에단이 그 뒤를 따랐다.

로디튼의 수정 구슬은 효과가 상당했다.

'달빛 추적이랑 비슷한 수준의 추적 능력인 것 같은데.'

"나는 그래도 본업이 모험가인데 말이야. 에단 선생의 추적술, 수준이 상당한데? 아까 투명 발판을 찾아낸 것도 그렇고."

로디튼은 알면 알수록 에단이 대단하다고 느꼈다. 다양한 능력을 가지고 있었는데 그 능력들이 하나 같이 달인 수준이었다.

단순히 선생이기 때문에 다양한 걸 섭렵하고 있는 게 아니라, 다양한 걸 섭렵하고 있기 때문에 무엇이든 가르쳐 줄 수 있는 선생이 된 것 같은 느낌이었다.

"소문보다 더한걸?"

"처음 봐! 보통 소문은 과장된 게 대부분인데, 이렇게 과소평가된 소문이 있는 사람은!"

"나도 그래. 이거, 에단 선생을 직접 만나지 않았으면 과소평가된 소문대로 믿었겠는걸."

"근데 그 과소평가된 소문도 대단하잖아!"

"과찬이십니다."

그렇게 숲을 지나 계속 움직이니 거대한 계곡이 나왔다.

"웅장하군."

에단의 달빛 추적과 로디튼의 수정 구슬이 같은 곳을 가리키고 있었는데, 그 끝에 보라색 연기가 있었다.

"뭐지 저게?"

가까이 다가가자 그 실체가 제대로 보였다.

이 보라색 연기는 일종의 포탈이었다.

로디튼이 망설임 없이 포탈에 손을 집어넣으려 하자 에단이 그의 손목을 확 잡아챘다.

"로디튼 님."

"음? 에단 선생? 갑자기 이게 무슨."

에단은 대답 대신 땅에 떨어져 있는 나뭇가지 하나를 집어 포탈 안으로 넣었다.

콰사사삭-!

포탈 안의 나뭇가지는 갈리는 소리와 함께 완전히 산산

조각이 나 버렸다.

"전설적인 외팔이 모험가 로디튼이 될 뻔했네. 근데 그 편이 좀 더 멋있을 것 같기도 해."

"후…… 큰일 날 뻔했군. 고맙소, 에단 선생. 선생이 아니었으면 내일부터 왼손을 쓰는 연습을 했을 거요."

너스레를 떠는 로디튼을 보며 에단이 한껏 인상을 썼다.

'발을 들인 처음부터 마법에 물들어 있었는지도 모르겠는데.'

"홀리셨습니다."

에단의 말에 로디튼이 의아한 표정으로 되물었다.

"……홀렸다고?"

"무슨 말이야?"

메리 또한 로디튼의 말에 합세했다.

"방금 그 행동. 원래 로디튼 님이라면 절대 안 하셨을 행동 아닙니까?"

이곳에 들어오기 전. 입구부터 수많은 아티팩트를 펼쳐 가며 신중하게 안으로 진입했던 로디튼이다.

그런 로디튼이 이렇게 섣부르게 포탈에 손을 넣으려고 한다?

'있을 수 없는 일이야. 적어도 로디튼한테는.'

에단은 주변을 호루스의 눈으로 살펴보았다.

이 공간 자체가 거대한 마법이었다.

'너무 커서 눈치채지 못했어.'

이건 인간 마법 수준이 아니었다.

'메인 시나리오급인데? 이런 시나리오가 있었나?'

에단은 인상을 썼다. 그러고는 만들어 둔 탕약을 꺼내 로디튼에게 건넸다.

"어, 어어어······."

로디튼이 관자놀이를 꾹꾹 눌렀다. 동공이 심하게 흔들리고 있었다.

'온갖 아티팩트로 무장한 로디튼이다. 정신 계열 공격에도 상당히 대비하고 있었을 텐데. 그런데도 완벽하게 걸려들었어.'

"일단 마시는 게 좋겠습니다, 로디튼 님."

로디튼이 에단의 탕약을 받아 거침없이 마셨다. 아무리 에단이 아군이라고 한들 이런 걸 덥썩덥썩 받아먹을 로디튼이 아니건만.

'상황 판단력이 크게 떨어졌다.'

-불멸 영웅의 호흡이 활성화됩니다!
-케이론의 가르침으로 인해 정신 공격에 면역 상태가 됩니다.
-면역이 해제됩니다.

-문포스의 힘이 당신의 정신을 보호합니다.
-문포스의 축복이 신의 힘을 거부합니다!

순간 에단에게도 강대한 정신 공격이 들어왔다.

'이거군. 신의 힘을 거부한다는 거. 지금 여기에 펼쳐진 마법은 이곳에 있는 신들이 펼쳐 놓은 마법이다.'

에단이 한껏 인상을 썼다.

"여기, 생각보다 더 위험한데.'

꿀꺽꿀꺽-.

탕약을 다 마신 로디튼이 끄으으, 하고 신음을 냈다.

에단은 이어 메리의 검신 부분에도 탕약을 쏟았다.

"갸갸갹."

둘이 회복하려면 조금 시간이 걸릴 것이다.

'여긴 미지의 세계다.'

미지의 세계에 미지의 존재가 있다.

위험도는 최상.

그럼에도 불구하고 에단은 절로 미소가 지어졌다.

'끓어오르는군.'

에단은 미지의 것들에 대비해 많은 걸 쌓아 두고 있다.

'하나도 남기지 않고 전부 다 써서 상대해 주지.'

원하는 걸 쟁취하는 것만큼 즐거운 일은 없다.

또한 그게 생존과 연결된 일이라면 더더욱 모든 걸 던

질 필요가 있다.

'지금까지 힘을 모아 온 건 지금을 위해서거든.'

"후우우우, 도대체 이게 어찌 된 일인지."

로디튼이 혀를 찼다.

에단이 건네준 탕약을 마시고 나서야 제정신을 차리고 빠르게 상황을 파악할 수 있었다.

"에단 선생의 말대로요."

로디튼은 인상을 쓰며 주변을 이리저리 살폈다. 마법이 너무나도 거대해 제대로 알아챌 수 없었다.

"이 공간 자체가 거대한 마법이군. 거대한 마법으로 이루어진 공간이라니, 말 그대로 신들의 도시야."

"면목이 없어, 로디튼."

"저도 처음에 눈치채지 못했으니까요. 정말 완성도가 대단한 공간입니다."

"정신 공격에 대한 강력한 대비가 있었나 봐. 에단 선생, 선생 덕분에 살았어."

로디튼이 한숨을 내쉬었다.

"내가 지금껏 여러 신들의 사랑을 받았었는데, 이제야 그들의 진짜 모습이 보이는 것 같소."

질린 듯한 목소리였다.

"신들은 싹 다 미친 자들이야. 인간의 기준에 맞추면 안 돼. 특히 이 대륙의 신들은 정말 소수를 제외하면 모든 걸 유희거리로 삼는다고. 내가 말하는 검이 된 것도 그 작자들의 유희거리니까 말 다했지?"

"유혹하고 미혹해 길을 잃게 만들지. 지금이 딱 그 꼴이야."

메리의 말에 로디튼이 말을 이었다.

으득-!

로디튼은 이렇게 무력하게 당한 게 상당히 자존심 상한 듯했다.

"이리 쉽게 당할 거라곤 생각 못했는데. 이거, 혼자 성녀를 찾으러 왔으면 죽었을지도 모르겠는데."

"네 칭호를 노리는 모험가들이 기뻐했겠는데?"

"아직 넘겨줄 때가 아니야. 적어도 지금은 확실히 아니야."

로디튼의 표정이 가라앉았다.

"에단 선생, 미안하오. 계속 선생에게 도움만 받게 되는군. 내가 이런 적이…… 정말 없는데 말이야."

'전설적인 모험가인 로디튼도 당황할 정도라는 거야.'

에단이 긴장감을 끌어올렸다. 안 그래도 예민한 에단의 감각이 한층 더 예민해졌다. 상시 긴장 상태를 유지하면 정신적으로 막대한 피로감이 생기지만 어떤 위협에도 기민하게 반응할 수 있게 된다.

"아닙니다, 로디튼 님이 주는 도움 덕분에 금세 여길

찾을 수 있었으니까요."

에단은 다시금 포탈을 살폈다.

"내 수정 구슬은 이 안을 가리키고 있어. 에단 선생의 능력도 그런가?"

"예, 결국 이 안으로 들어가야 합니다."

"뭐든지 갈아 버리는데…… 영혼만 들어가라는 건가?"

"이미 신들의 도시로 들어왔는데, 또 들어가는 게 맞나!?"

'이 포탈 안으로 들어가야 한다는 건 확실해. 문제는 로디튼의 말처럼 저 포탈이 무엇이든 다 갈아 버린다는 거지. 마법인가 했는데, 이 포탈은 마법이 아니야.'

어쩌면 마법일 수도 있지만, 적어도 에단의 눈에는 파훼법이 보이지 않았다.

'그렇다면.'

뭔가가 숨겨져 있는 거라면 그걸 밝히면 된다.

에단은 곧장 불꽃을 꺼내들었다.

진실을 비추는 선지자의 불꽃이 그대로 포탈을 밝혔다.

"어……?"

그러자 보라색 연기의 포탈이 그대로 사라지고 그 뒤로 더욱더 진하게 빛나는 초록색 포탈이 모습을 드러냈다.

"이쪽이 진짜 포탈이고 아까 그 포탈은 가짭니다. 거의 겹치듯 만들어졌군요."

"허…… 그 물건은 또 뭔가?"

"로디튼보다 좋은 물건이 많은데?"

"내 칭호, 그냥 선생이 가지게."

"그래도 됩니까?"

"……."

에단이 씩 웃었다.

"들어가시죠."

"……내가 먼저 들어가나?"

"제가 먼저 가도 됩니다. 칭호는 주시고요."

"농담이었어, 선생!"

'안 갈리는군.'

에단이 그 뒤를 따랐다.

* * *

포탈 내부.

에단과 로디튼은 구름 위에 있었다.

시시각각 휙휙 바뀌는 풍경 속에서, 에단과 로디튼은 동그랗게 구멍이 뚫린 구름을 발견했다.

그 구름 밑으로는 지상이 보였는데, 지상에서 뭔가 심상치 않은 일이 벌어지고 있었다.

굉음.

무기와 무기가 맞부딪치는 소리, 고함 소리와 비명 소리가 들려왔다.

"이게 무슨……."

"전쟁? 전쟁이 벌어지고 있는 건가?"

"갈피를 잡을 수가 없어! 입구로 들어왔더니 포탈이 또 있고, 포탈을 타고 들어왔더니 이번엔 구름 아래서 전쟁이 벌어지고 있다니? 애초에 저것들은 다 뭔데?"

놀란 건 에단도 마찬가지였다.

조금 과장하자면 에단은 남들도 모르는 몇 가지를 제외하면 메판에 대한 모든 것을 알고 있다 말할 수 있었다.

다양한 플레이를 해 가며 몇 번이고 클리어해 봤기 때문이다.

하지만 지금 보고 있는 건 에단도 처음 보는 것이었다.

신들의 도시, 그리고 그 아래 지상에서 펼쳐지는 싸움.

'꽤나 대규모야. 저건 말 그대로 전쟁이다.'

신들의 도시에서 신들이 전쟁을 벌이고 있었다.

"……신세계."

신세계의 신들이 가진 능력을 베풀어 구독자들을 모으는 형식으로 전쟁을 하고 있다면, 여기선 신들이 직접 그 능력을 이용해서 전쟁을 하고 있었다.

'비슷한 건 둘 다 신들의 유희라는 거군.'

에단이 지상의 상황을 자세히 살폈다. 로디튼 또한 꽤 충격을 받았는지 지상에서 눈을 떼지 못했다.

"……에단 선생, 지금 내가 판단하기로는 저 밑의 인간들, 진짜 인간들이 아닌 것 같은데."

로디튼의 말에 에단 또한 눈에 힘을 주어 살폈다.

지상의 인간들에게선 인간이 가지고 있어야 할 특유의 생명 에너지가 느껴지지 않았다.

'로디튼의 말대로야.'

저건 인간이 아니었다. 마법으로 만들어진 일종의 인형이었다.

'인간과 똑같지만 생명 에너지가 없어.'

병정놀이를 하듯 인간 모습으로 병정을 만들어 전쟁을 벌이고 있는 것이다.

"설마 성녀가 이 유희에 휘말린 건가?"

"아마 그런 듯합니다."

'1, 2사도는 이곳에서 정확하게 뭘 하려고 했던 거지?'

그때.

쿠웅-!

에단의 등 뒤로 인기척이 느껴졌다.

"새로운 인간들이 들어왔군. 근래 들어 가장 흥미로운 상황이야."

구름을 타고 있는 게 마치 신선 같은 사람이었다.

아니, 사람이 아니다.

"신이십니까?"

"오, 문포스의 힘이 느껴져. 바로 직전엔 문 마더의 힘을 계승한 이가 들어왔었는데 말이야. 신들의 후예들이 재미나게 힘 싸움이라도 하고 있나? 하계의 상황이 너무나도 궁금해지는구나."

로디튼이 곧바로 품속에서 아티팩트 하나를 꺼내 들었다.

샤아아아악-.

"오, 재미난 물건을 가지고 있구나. 하지만 의미가 없다."

구름을 탄 신이 화염을 내뿜기 시작했고, 화염은 정확하게 에단에게 향했다.

그 속도가 너무나도 빨라, 로디튼이 대응하려고 했음에도 늦어지고 말았다.

불릿 타임.

느려지는 시간 속. 에단은 신의 공격을 피하거나 반격하려 하지 않고 오롯이 신을 관찰하는 데 집중했다.

지금이 이 신들의 도시에서 모든 걸 뒤집을 수 있는 가장 중요한 순간이었다.

'메판의 신들은 로디튼이 말한 대로 제멋대로에 인간의 목숨을 그리 중하게 여기지 않아.'

하지만 그들도 신경 쓰는 게 있다.

'바로 진명이지. 진명은 그들에게 있어서 가장 중요한 거야. 인간에게 인간의 법칙이 있는 것처럼, 신에겐 신들의 법칙이 있거든.'

신을 부르는 의식에서 가장 중요한 게 있다면 바로 진명을 부르는 일이었다.

진명을 불러 소원을 빌면 신은 들어주어야 한다.

의식을 진행하는 이가 부르는 이름이 진명에 가까울수록 신은 강한 힘을 얻고 인간계에 영향을 끼칠 수 있게 된다.

'그러한 맹약에 묶여 있거든. 신들에게 인간계는 간섭하기 힘든 곳이니까 말이야. 도움을 받기 위해서는 그 이름을 정확히 말해야 해. 그렇게 하면 인간계에 간섭할 수 있게 되고, 더 많은 힘을 줄 수 있게 되지.'

에단은 문포스뿐만이 아니라 다양한 신들과 계약을 맺어 본 경험이 있었다.

지금처럼 후예가 되기도 했고 그들을 믿는 신도가 되기도 했었다.

때문에 많은 메판의 신들을 알고 있었고, 그들의 맹약과 법칙들을 아주 잘 알았다.

문포스나 뇌명의 신과 계약한 것도 그러한 맥락에서 나온 에단의 선택이었으니 말이다.

에단은 신이 내뿜는 화염 속에서 계속해서 신을 관찰했다.

그가 누구인지.

그의 진명이 뭐였는지 떠올리기 위함이었다.

'뿜어 대는 불꽃, 구름, 황금색 눈동자.'

아직 힌트가 부족하다.

에단은 한층 더 그를 자극하기로 마음먹었다.

'특징을 뽑아낸다.'

"이름도 없는 신이 건방지게."

에단이 앞으로 나서며 검을 뽑았다.

신을 자극하는 데 있어 가장 쉬운 건 역시나 도발이었다. 물론 후폭풍을 감당할 수 있다면 말이다.

'얼마든지 감당할 수 있다.'

"오? 앞서 왔던 놈은 넙죽 엎드리던데 말이다. 꼭 필요한 게 있다고. 그걸 달라고 하기에 재미난 놀이에 끼워 주었지."

신이 여유롭게 웃으며 에단에게 손을 뻗었다.

"너도 그랬으면 살려 주었을 것을."

화르르르륵-.

순간 이전보다 더 강렬한 불꽃이 에단에게 쏘아졌다. 에단이 그대로 불꽃에 휩싸였다.

에단은 이번에도 의도적으로 불꽃을 방어하지 않았다.

불꽃에 휩싸인 에단을 보고 이를 간 로디튼이 곧바로 에단의 불꽃을 꺼 주려고 했다.

하지만 에단이 그런 로디튼을 제지했다. 그러고는 입만 벙긋거려 괜찮다 말했다.

'죽지 않아.'

화염에 타오름과 동시에 꽤 오랜 기간 발동하지 않았던 특성이 발동했다.

-미식가 특성이 발동합니다!
-상태 이상 : 화상 상태입니다. 미식가 특성이 발동함에 따라 공격력과 방어력이 오릅니다.

'알고 있었다. 이 불꽃이 내게 피해를 입히는 게 목적이 아니라는 걸 말이야.'

그 때문에 깨달았다.

그가 불꽃을 흩뿌리는 순간 그의 진명이 떠올랐다.

'이 불꽃은 애초에 겁을 주기 위한 거야. 내 도발에 기분이 나빴을 테지. 그냥 죽이는 게 아니라 고통을 주고 절망 속에서 죽이려고 했던 거야. 때문에 위력은 적고 고통은 큰 기술을 썼다.'

상태 이상과 함께 온몸이 타오르는 듯한 고통을 느끼게 하는 기술이다.

하지만 이 기술은 에단의 특성과 상당히 잘 어울렸다.

화르르르륵-!

에단이 온몸에 불이 붙은 채로 한 걸음 앞으로 나섰다.

"쇼프로브 하이어."

그의 진명은 쇼프로브 하이어.

소수 민족이 모시던 신이었다.

새벽회가 붙잡아 그 힘을 강탈한 여러 신들 중 하나로, 특징이 상당한 신이었다.

'소수 민족의 촌장이 쇼프로브 하이어의 초상화를 그려 가지고 있었어.'

직접 본 게 아니라 떠올리는 게 늦었다.

"!"

진명을 부르자 불꽃과 도적의 신인 쇼프로브 하이어가 놀란 표정을 지었다. 경악과 더불어 분노의 감정도 함께 보였다.

어떻게 알았냐는 듯한 그 표정에 에단은 감정을 철저하게 숨겼다.

아마 쇼프로브 하이어는 궁금할 것이다.

자신의 신도도 아니고, 그렇다고 만나 본 사이도 아닌 이가 자신의 진명을 부르니 말이다.

그러나 에단은 차분하게 검을 들어 겨누었다.

"나는 너와 장난질이나 하려고 여기에 온 게 아니야.

나는 목적을 가지고 이곳에 찾아왔다."

'진명을 아는 것만으로 신을 제압할 순 없지. 그저 발에 족쇄 하나를 채운 거랑 비슷해.'

강한 신들은 족쇄를 차도 강하다.

그렇기에 에단은 서리검의 끝에 힘을 실었다.

신이 장난질을 원한다면.

이쪽도 똑같이 해 주면 된다.

'신들에게 있어서 우위는 죽지 않는다는 것.'

인간은 죽는다.

신은 죽지 않는다.

-펜리르의 힘이 깃듭니다!

하지만 에단에게는 그들처럼 장난질을 할 수 있는 힘이 있었다.

신을 죽일 수 있는 힘.

펜리르의 힘이 깃들자 쇼프로브 하이어가 경악했다.

진명까지는 어떤 방법을 썼든 간에 알아낼 수 있다고 치자.

하지만 저건 규격 외의 힘이었다.

인간이 절대 가지고 있어선 안 되는 힘이었기에, 그는 자신도 모르게 뒷걸음질을 치고 말았다.

타고 왔던 구름은 어느새 사라진 상태였다.

'죽을 수도 있다는 걸 깨닫게 해 주면 여유는 사라지지.'

"그래도 장난질을 하고 싶다면야."

에단이 한 걸음 앞으로 나아가며 쇼프로브 하이어를 압박했다.

샤아아아악-.

서리검에 담긴 펜리르의 힘이 쇼프로브 하이어가 당장 선택할 수 있는 모든 움직임을 차단했다.

"쇼프로브 하이어, 계속 장난쳐 볼까? 같이?"

"너, 너는……!"

순간 에단의 몸을 태우던 불꽃이 꺼졌다. 쇼프로브 하이어가 자신의 능력을 회수한 것이다.

"눈치는 있군."

"무어냐, 너는? 어떻게 내 진명을? 아니, 도대체 그 힘은?"

쇼프로브 하이어는 인상을 썼다. 정말 오랜만이었다.

죽음에 겁을 먹고 뒷걸음질을 치는 꼴이라니.

하지만 어쩔 수가 없었다. 에단의 검에서 느껴지는 저 불길한 기운은 자신은 물론이고 다른 신격마저 찢어발길 만한 힘이 담겨 있었다.

오히려 로디튼과 에고 소드는 그 어떤 것도 느끼지 못

했다.

이 힘은 온전히 신들에게만 두려운 힘이었으니까.

에단이 한 걸음 더 내딛자 쇼프로브 하이어가 기겁하며 다섯 걸음 뒤로 물러났다.

"내가 알고 싶은 게 많거든. 좀 길게 이야기해 볼까? 그게 싫으면……."

에단이 검을 쥔 손에 힘을 주고 당장이라도 벨 것 같은 자세를 취했다. 그러자 쇼프로브 하이어가 손을 내저으며 급하게 세 걸음 앞으로 다가왔다. 더 이상 다가가는 건 그도 무리인지 이마에 식은땀을 흘리고 있었다.

"아니! 아니! 좋아! 이야기하자고. 나도 마침 이야기를 하고 싶었던 참이다! 원하는 게 무어냐! 다 말해 주겠다! 궁금한 게 있다면 내가 아는 선에선 모두 말해 주겠다! 그러니 일단 그 검은 내려놓아라!"

"다행이네. 의견이 맞아서."

에단은 쇼프로브 하이어에게 가까이 다가가 아주 자연스럽게 어깨동무를 했다.

쇼프로브 하이어는 에단의 모든 움직임에 주의를 기울였다.

방금 느껴졌던 그 힘.

신을 죽일 수 있는 힘이 분명했다.

갑작스런 전개에 로디튼이 살짝 당황했다. 상황이 어떻

게 돌아가는지 머리로는 금방 이해했지만 몸으로는 이해가 어려웠다.

로디튼이 마치 고장 난 골렘처럼 삐걱거렸다.

"으으음."

어째 에단이 너무나도 낯설어 보였다.

"에, 에단 선생…… 님?"

신을 압도한 에단을 보며 로디튼이 머쓱한 표정을 지었다.

방금까지 편하게 대했던 에단이 난데없이 신을 제압해 버리고 아래에 둬 버렸으니.

"편하게 부르십시오, 로디튼 님."

"로디튼은 자유로운 모험가이지만 권위에 약해. 이해해 줘, 에단 선생…… 님!"

그 검에 그 주인이었다.

3장

3장

 에단과 로디튼은 쇼프로브 하이어가 만든 구름 집에 앉았다.
 쇼프로브 하이어는 이 상황에 상당히 당황하면서도 상당한 굴욕감을 느끼고 있는 듯했다.
 "표정이 썩 좋지 않군. 이 상황이 굴욕적인가?"
 "아, 아니다. 그럴 리가 있나."
 "그럼 표정 풀고 확실히 말해. 더 놀고 싶으면 얼마든지 놀아 줄 테니까. 놀다가 좀 다치는 건 괜찮지? 명색이 신이니까."
 에단이 쇼프로브의 어깨를 툭툭 쳤다.
 "에단 선생…… 좀 무섭다."
 메리가 로디튼에게 속삭였다.

"……나도."

"두 분, 걱정 마십시오. 이 혼란스러운 상황에 대해선 여기 있는 쇼프로브 하이어가 다 설명해 줄 겁니다. 쇼프로브 하이어는 이 신의 진명입니다. 알고 계시면 좋습니다. 신은 진명 앞에선 함부로 말할 수도, 행동할 수도 없거든요."

문포스도 문포스 자체가 진짜 이름이 아니었다.

그 이름은 어디까지나 문포스라는 신을 칭하는 이름일 뿐.

이는 문 마더도 마찬가지다.

"에단 선생은 그걸 어떻게 안 거야?"

메리의 질문에 쇼프로브 하이어가 슬쩍 반응을 보였다.

쇼프로브 하이어도 사실 그게 궁금했다.

자신의 신도라면 모를까. 자기 신도도 아니고 연관도 없는 데다가 다른 신의 후예인 에단이 어떻게 자신의 진명을 안단 말인가?

하지만 그보다 더 신경 쓰이는 건 에단에게서 느껴졌던 그 신살의 힘이었다.

신격을 소멸시킬 수 있는 그 힘은 이 신들의 도시에서 무엇이든 할 수 있는 만능 키라고 볼 수 있었다.

그 어떤 신이든 저 신격 살해의 힘 앞에선 고개를 조아

릴 수밖에 없다.

특히 신들의 힘이 가장 강한 이 신들의 도시에서는 더더욱 그랬다.

"그건 비밀입니다."

웬만해선 이야기하지 않겠다는 듯 단답하는 에단을 보며 쇼프로브 하이어가 아쉬운 표정을 지었다.

"쇼프로브 하이어, 물어보고 싶은 게 많아."

"……혹시 내가 대답해야 할 확고한 이유가 있나?"

"단순하게 이야기해 줄게. 대답하지 않으면 널 죽이고 다른 신을 찾을 거야."

"……."

쇼프로브 하이어가 두 눈을 껌뻑였다.

"그럼 말해야지. 무엇이든 물어봐다오. 다 말해 줄 테니."

"신이 목숨을 가지고 협박당하는 거 처음 봐!"

메리의 말에 로디튼이 고개를 절레절레 저으며 감탄했다.

"신도 협박을 당하네."

으득-.

그냥 자연스럽게 넘어가려고 했건만. 쇼프로브 하이어는 둘을 째려보았다.

어째 에단보다 저 둘, 아니, 인간 하나와 에고 소드 하나가 상당히 거슬렸다.

"한눈팔 여유가 있나?"

어느새 그의 목에 검을 들이댄 에단의 목소리가 들렸다.

목에 검이 바짝 다가오자, 쇼프로브 하이어가 천천히 목을 위로 들며 소리쳤다.

"좋게 말로 하자고! 아니, 말해 준다고 했는데 그 흉악한 물건은 왜 자꾸 들이대는가! 흉측한 힘이 담긴 그 검, 당장 내려놓게. 아니, 내려놔 주게!"

"불꽃부터 쏘아 댄 놈이 할 말이 아닐 텐데."

"……궁금한 게 있으면 물어봐라."

"봐라?"

"……보시오!"

에단은 우선 이곳에 대해서 물었다.

"이곳은 어디지?"

"다 알면서 들어온 거 아니오? 이곳은 신들의 도시요. 우리들의 놀이터 같은 곳이지. 이곳은 신계와 인간계의 중간 즈음에 있는 곳이라 인간도 들어올 수가 있고 신도 들어올 수가 있는 곳. 물론 그냥 들어올 수 있는 건 아니오. 육체가 필요하지. 대다수의 신들은 제물로 받은 육체를 타고 이 도시에서 유희를 즐기곤 하는데, 가끔 그대들과 같은 인간들이 들어오기도 해 그 인간들과 함께 유희를 즐기는 일도 있소."

하지만 어 육체는 단순히 신이 빌리는 육체가 아니었다.

"신이 한번 육체에 들어가면 그 육체는 신의 소유가 돼. 육체가 다치면 신의 신격에도 영향이 가지. 그렇기 때문에…… 단순히 육체를 빌린다기보다는 직접 이곳에 현현하여 유희를 즐긴다는 느낌으로 봐도 되오."

졸지에 스스로 신들의 약점을 밝히는 꼴이었다.

하지만 당장 목에 칼이 들어온 상황에서 솔직히 말하지 않았다가는 무슨 일이 벌어질지 알 수 없으니. 쇼프로브 하이어는 아주 솔직하게 이야기해 주었다.

애초에 그는 전투 계열의 신이 아니었다.

싸움에 익숙했다면 애초에 그런 나약한 공격을 하지 않았을 것이다.

"그 전에 하나 묻고 싶은 게 있는데, 이곳엔 왜 들어온 거요? 이쪽은 알겠는데, 저쪽은 모르겠군."

쇼프로브 하이어가 에단을 가리키고 이어 로디튼을 가리켰다.

"목적은 둘 다 같아. 사람을 하나 찾고 있거든."

"사람? 앞서 문 마더를 믿는다던 그 두 인간은 아니겠고, 가장 먼저 들어온 인간을 찾나?"

그가 말하는 사람은 분명 성녀였다.

1, 2사도보다 먼저 들어온 성녀.

'우리가 이렇게 당황할 정도면, 성녀는 훨씬 더 당황했겠지.'

성녀가 로디튼이나 에단처럼 모험을 자주 다니던 사람은 아닐 테니 말이다.

어쩌면 지금쯤 신들에게 휘둘리는 위험한 상황에 처했을 수도 있었다.

"그 사람은 어디에 있지?"

"후우우우우, 정말 오랜만에 들어온 인간들인데, 하나같이 제대로 된 인간이 없군! 인간이라면 얌전히 절망하고 또 도전하는 맛이 있어야 하는데 말이다. 처음 들어왔던 그 인간 또한 인간을 아득히 초월해, 이미 몇몇 신들이 지키고 있던 물건을 빼앗아 유희를 즐기고 있는 중이오."

이야기를 들어 보니 생각했던 상황과는 다른 상황에 놓인 듯했다.

"자세히."

에단의 말에 쇼프로브 하이어가 알았다는 듯이 여러 번 고개를 끄덕였다.

"가장 먼저 들어온 인간, 하얀 빛에게 선택받은 인간이더군."

홀리라이트 여신이 이들에게는 하얀 빛이라 불리는 듯

했다.

"이곳의 유희는 대부분이 수싸움이오. 수싸움에서 제일 재밌는 건 모의 전쟁이고. 하지만 우리가 만들어 내는 이들은 진짜 생명체가 아니오. 그저 비스무리하게 만들 뿐이지. 하지만 인간이 들어오면 그 인간을 중심으로 재미난 걸 만들 수 있소. 우린 그 하얀 빛을 믿는 인간이 이곳에 오고 난 후 그 인간을 중심으로 놀이를 시작했는데, 아니, 우리라 하긴 좀 그렇군. 지금 이 신들의 도시를 꽉 잡고 있는 세 명의 신이 있거든. 그 세 신을 중심으로 유희가 벌어졌소."

그러나 그 유희는 잠시 멈췄다.

"그 하얀 빛을 믿는 인간……."

"성녀다. 우린 그녀를 성녀라 부르고 있어."

"음, 그 성녀는 다른 목적을 가지고 있었거든. 유희를 즐기러 온 게 아니라 했지. 인간계를 멸망시키려는 이들이 있는데, 그들이 하려는 계획을 막고 싶다고 했소."

'역시, 예상대로야.'

에단이 예상한 대로, 성녀는 이미 1, 2사도의 목적을 알고 있었다.

때문에 그 계획을 막기 위해 한발 먼저 신들의 도시로 들어온 것이었다.

'설마하니 성녀가 그 사실을 알고 방해할 거라 생각 못

한 1, 2사도가 뒤늦게 들어온 거고.'

아예 모르고 있지는 않았을 것이다. 하지만 성녀의 움직임이 이렇게나 빨랐을 줄은 몰랐을 거다.

"그럼 먼저 들어온 성녀는 목적을 이뤘나?"

"이뤘소. 무결신체를 얻었거든."

"……무결신체?"

"제아무리 강대한 힘을 가진 신이라 해도 인간계에 강림하려면 그 힘의 많은 부분을 포기해야 하오. 자신을 믿는 신도들에게 줄 수 있는 힘이 몹시 한정되기도 하지. 무결신체는 그러한 강림 의식에 큰 도움을 줄 수 있는 육체요. 무결신체에 깃든 신은 인간계에서도 힘을 제대로 발휘할 수 있거든."

쇼프로브 하이어가 말했다.

"하지만 그건 신이 건드릴 수 있는 것이 아니오. 그 육체에 신이 깃들려면 인간의 힘이 필요하지. 태초부터 그렇게 만들어진 물건이라."

"그게 있으면 신이 가진 힘을 고스란히 가지고 인간계에 강림할 수 있는 거군?"

"그렇소. 성녀는 그 무결신체를 두고 그자들과 싸우고 있는 거지. 신들을 등에 업고서 말이오."

성녀는 그 무결신체를 완전히 없애 버리려고 했다. 그것은 절멸중 의식이 성공했을 때 얻을 수 있는 육체 그 자체였다.

'신을 강림시킬 수 있는 완벽한 그릇이지.'

그게 있으면 절멸증이고 뭐고 신을 강림시키기 위한 준비가 싹 다 필요 없어진다.

'본래의 시나리오대로라면 새벽회가 무결신체를 얻고 절멸증에서 탈피하게 돼.'

그리고 성녀는 죽는다.

그러니 후반 시나리오에 성녀가 보이지 않는 것이다.

'절멸증을 완성시키지 못하고 어떻게 문 마더를 인간계에 강림시켰나 했는데.'

그런 게 있다면 문마더가 강림하는 것도 이해가 갔다.

'문 마더가 힘을 고스란히 가지고 강림하는 거니까.'

그렇게 되면 누가 문 마더를 막을 수 있을까.

'이대로 놔두면 1, 2사도가 성녀를 상대로 승리하게 된다.'

그 후 무결신체가 사도들의 손에 들어가면 대륙 멸망 시나리오가 시작되는 것이다.

물론 에단이 신성 제국의 새벽회를 완전히 박살 내 놨기에 곧바로 문 마더를 강림시킬 수는 없을 터.

'하지만 1, 2사도라면 모르지. 그들과 새벽회주의 관계는 어디까지나 협업 관계에 불과하니까.'

회주의 자리는 그리 중요한 자리가 아니다.

그들은 서로가 서로를 견제하며 같은 목표만을 향유하는 사이일 뿐이다.

'여차하면 문 마더의 사랑을 독차지하겠다고 서로를 배신하는 정신 나간 놈들이니까.'

그런 이들이 바로 사도다.

그 사도들 중에서도 가장 강하고 가장 광신적인 게 바로 1사도와 2사도였다.

'성녀가 패배하기 전에.'

어떻게든 성녀와 접촉해야 한다.

"그런데 잠깐만…… 자세히 보니까…… 신을 죽일 수 있는 인간이여, 그대의 몸도 심상치가 않은데?"

쇼프로브 하이어가 경악했다.

"이걸 지금까지 왜 못 보고 있었지? 아! 가려져 있네, 가려져 있어! 지금 묶여 있는 그 힘, 멍청한 인간이 걸어 놓은 그 주박! 그 주박에 문 마더의 힘이 서려 있네? 그걸 가지고선…… 허, 허허, 허허허허! 도대체 당신은 뭐요? 뭐란 말이오!"

에단을 자세히 살핀 쇼프로브 하이어는 더 말을 잇지 못했다.

"수많은 축복을 받아도 그런 몸이 나오기가 어려운 일인데. 인간계의 섭리에 맞지 않는 몸이라 그리 된 건가? 그렇군, 그런 몸이라 몸을 싹 비워 제물이 될 수 있는 의식도 버텨 낸 거군. 그런 몸으로도 그만큼 힘을 쌓아 온 건 순전히 그대의 능력이고. 참으로 놀랍소."

"이 절멸중에 대해서 정확히 알고 있나?"

"그 문 마더를 믿는 이들이 하는 행동들 말이오? 알지, 알고말고. 지금 그대의 몸에 있는 것도 문 마더, 그자를 그대로 몸에 강림시키려는 의식 같은 것 아니오? 물론 그대의 몸속에 있는 건 인간이 절대 버틸 수 없는 것이지만 말이오.

"그래, 그런데 여기에 문 마더는 없나? 신들의 도시라면 그들도 있을 텐데."

"그쪽 신들은 없소. 문 마더와 문포스가 한 갈래에서 나온 건 알고 있겠지? 그 둘은 추방을 당했기에 여기에 들어올 자격이 없지. 정확히는 문 마더가 깽판을 치고 나가는 과정에서 둘로 나뉜 거지만. 이곳에 있는 신들은 인간계와 연관이 없는 신들뿐이오. 관련이 있다고 하더라도 정말 적지."

쇼프로브 하이어가 억울한 것도 이 때문이었다. 인간과 연관되어 살아온 시간은 얼마 안 되는데, 에단이 어떻게 자신의 진명을 알고 있는 건지 짐작조차 할 수 없었다.

"도대체 어떻게 진명을 알고 있는 건지. 허어어……."

인간계에 별로 영향을 끼치지도 않았고, 딱히 신도들이 많은 것도 아니다.

3장 〈93〉

힘을 내려 주기는 했으나 거대한 신전을 만들거나 종교를 만든 것도 아니었다.

'쇼프로브 하이어는 모르고 있겠지만 새벽회에선 아주 자그마한 종교의 신들까지 전부 다 찾아다녔거든. 그들이 가지고 있는 힘을 흡수하기 위해서.'

쇼프로브 하이어를 믿는 그 얼마 안 되는 신도들조차 새벽회의 공략 대상이었다.

새벽회의 사도가 되기 직전까지 갔던 에단이었기에 당연히 수많은 임무에 차출되었었고, 그때의 경험을 통해 수많은 신들을 알게 되었다.

'사실 새벽회에서 정확하게 알려 줬다기보다는 내가 임무를 수행하면서 스스로 얻게 된 정보지만 말이야.'

그렇다 보니 쇼프로브 하이어 말고도 다양한 신들의 진명을 알고 있었다.

신을 죽일 수 있는 힘과 신들의 진명.

'생각해 보니 내 놀이터나 다름없네.'

압도적인 힘과 권능을 가진 신들이 모인 이곳이 사실상 에단에게는 가장 안전한 도시였다.

* * *

"근데 쇼프로브 하이어, 넌 왜 여기 있는 거지? 다른 신들은 다 유희를 벌이고 있다며?"

"……."

그 말에 쇼프로브가 못 들은 척 고개를 절레절레 저었다.

"그게……."

"여기서 제일 약한가 보지."

메리의 말에 정곡을 찔린 건지, 쇼프로브 하이어가 한껏 인상을 썼다.

"보기에는 강한 신처럼 보이는데."

"신들의 도시에서 제일 약하니까 이 구름 위에서 다른 신들 노는 거 몰래 지켜보면서 웃고 있던 거 아냐? 그러다가 우릴 만난 거 같은데!"

메리가 말을 잇자 쇼프로브 하이어의 몸에서 오라가 피어오르기 시작했다.

"내가 맞혔나 봐, 로디튼! 이게 통찰이라는 거야."

"그만."

쇼프로브 하이어가 폭발하기 직전. 에단이 그를 말렸다.

"그럼 지금 그 인간 셋이 신들과 유희를 즐기고 있다는 거지?"

"그렇소. 전쟁을 벌이고 있소. 그 하얀 빛을 믿는 인간…… 성녀라고 했나? 그 성녀는 가장 먼저 들어와서 신들의 관심을 받았소. 성녀는 이 도시에 있는 물건을 찾으러 왔다고 했지. 신들은 그 물건을 찾아 줄 테니 대신 함께 유희를 즐기자고 했지."

"그리고 그 타이밍에 1, 2사도 쪽이 들어왔고."

"맞소, 그 인간들도 그때 들어온 거요. 신들은 아주 좋아했지. 인간 하나만을 두고 유희를 벌여도 재밌지만, 유희라는 건 인간이 많으면 많을수록 더 재밌거든."

쇼프로브 하이어가 고개를 절레절레 저었다.

"하지만 성녀가 그 전에 원하던 것을 찾고 다른 조건을 내밀었소. 이곳에서 안전히 나가게 해 달라는 것이었지. 물론 무결신체를 가지고서 말이야. 그 결과 1, 2사도와 성녀 간의 전쟁이 벌어진 거요. 등 뒤에는 신들이 있고 말이야."

신들의 후원을 받아 전쟁을 벌이는 것이다.

성녀의 목적은 무결신체를 가지고 이 신들의 도시를 무사히 **빠져나가는** 것.

1, 2사도의 목적은 성녀를 처리하고 무결신체를 **빼앗**는 것이었다.

각자의 목적을 가지고 벌어진 전쟁은 처음엔 성녀 쪽으로 기울었다.

"모두가 다 성녀를 응원했거든. 그래서 처음엔 성녀가 이기고 있었지. 그런데 신들이 점차 반대편으로 넘어갔지. 저쪽이 훨씬 더 재밌어 보였거든. 듣자 하니 무결신체를 가지고 인간계로 가면 큰 혼란이 생긴다고 하더라고? 그랬기에 성녀 쪽이 점차 밀리기 시작했고, 지금은 완전히 고착 상태가 되어 버렸지. 꽤 오랜 시간 저러고 있소. 그런데 저 무결신체를 가지고 인간계로 내려가면 무슨 일이 벌어지는 거요?"

"문 마더가 부활한다. 인간계의 인간이 절반은 죽을 거야."

"허, 그들이 그럴 만한 마법 실력이 있나? 뭐, 인간이야 항상 어느 한 부분에서는 신보다 더한 부분이 있으니. 대단하다고 볼 수 있겠소. 다른 신들도 대충 이 사실을 알고 1, 2사도 쪽으로 붙은 거겠지. 인간은 언제나 혼란스러울 때 신을 찾으니까."

그러면 신들은 더욱더 즐거워질 터.

그들의 응답에 따라 움직일 수 있으니 말이다.

이번 일의 전말을 들은 에단이 잠시 고민했다.

'생각보다 쉬운 상황은 아니야.'

"그럼 지금 성녀를 만나러 가려면 어떻게 해야 하나? 그냥 찾아갈 수는 없는 것 같은데."

우선은 전쟁을 멈추는 것보다는 성녀를 만나는 게 중요했다.

에단의 물음에 쇼프로브 하이어가 혀를 두어 번 찼다.

"대군을 뚫어야 하오. 성녀와 1, 2사도는 대장 말이오.

대장 말이 죽으면 전쟁이 끝나지. 그러니 사실상 만나기가 어렵소. 안전한 곳에서 절대 머리를 내밀지 않고 있는데 어떻게 만날 수 있겠소?"

얼추 봐도 십만에 이르는 병사들이 싸우는 전장이다. 그 전장을 뚫고 성녀가 있는 깊숙한 곳까지 다다라야 한다.

하지만 그 깊숙한 곳까지 다다르는 건 사실상 불가능에 가까운 일이었다.

"쇼프로브 하이어, 넌 얼마나 만들어 낼 수 있지?"

"……병력 말이오? 200명 정도요."

"솔직히 말해."

"150명이오. 그래서 말한 거요. 절대 불가능한 일이라고. 차라리 내가 몇 천의 병사를 만들어 낼 수 있으면 일말의 가능성은 있겠지. 하지만 그렇게 만들 수가 없소. 불가하오. 이 유희가 끝나지 않는 이상 절대 성녀를 만날 수 없소."

쇼프로브 하이어가 눈을 질끈 감으며 말했다.

"뭔 신이 이래?"

"신들 중에도 약한 신이 있기 마련이지. 너무 그러지 마, 메리."

"썅."

"와, 신이 욕도 한다!"

"설마 욕을 했겠어? 그냥 기침일 거야. 나도 가끔 저렇게 기침 해. 썅, 썅, 썅신."
"닥쳐라!"
로디튼이 슬쩍 뒤로 물러났다.

'로디튼을 아카데미로 끌어들여 도발학개론을 만들어도 괜찮겠는데.'

그 정도로 훌륭한 도발 실력이었다.

에단은 슬쩍 웃으며 쇼프로브 하이어의 어깨에 손을 올렸다.

"쇼프로브 하이어, 그 정도면 충분해. 성녀가 어느 방향에 있는지는 알지? 안내해다오."

"안내라니, 지금까지 내가 한 말을 듣긴 한 거요? 못 간다니까! 십만에 가까운 대군이 성녀를 지키고 있는데 어떻게 간단 말이오! 나도 괜히 끼어들었다가 다쳐서 잠들면 그것만큼 손해가 없소."

"150명 꺼낼 수 있다고 했잖아? 그거면 돼."

"……?"

"그 150명으로 내가 길을 만들어 보겠다는 소리야. 성녀까지 향하는 길을."

* * *

신들의 도시.

지상.

그곳은 무기 소리와 비명 소리 등 전쟁의 소리로 가득 차 있는 상태였다.

쇼프로브 하이어와 함께 지상으로 내려온 에단 일행은 꽤 높은 언덕에서 전장의 상황을 지켜보았다.

확실히 구름 위에서 보던 것보다 훨씬 더 직관적으로 보였다.

"이쪽이 그 사도들 쪽이고, 저쪽이 성녀 쪽이오."

"여기서 보니까 확실히 알겠군. 성녀 쪽이 밀리고 있어."

에단은 로디튼에게 현 상황에 대해서 짤막하게 설명했다.

로디튼이 아는 건 마황이 성녀를 원한다는 것뿐이기에, 제대로 현 상황을 이해시킬 필요가 있었다.

'로디튼은 그 누구의 편도 아니지만, 적어도 새벽회 쪽으로 돌아서진 않을 거야.'

그는 어디에 묶일 만한 사람이 아니다.

바람처럼 자유로운 사람.

그런 사람일수록 흥밋거리를 상당히 중요하게 여기기에, 에단은 흥미를 끌 만한 요소를 잔뜩 넣어 설명했다.

"우연인지 운명인지…… 같은 곳에서 출발한 두 신의 후예가 이 신들의 도시에서 만나 싸우게 되다니. 한쪽은 신의 강림을 막으려 하고, 다른 한쪽은 신의 강림을 간절히 원하고 있다!"

이미 로디튼은 이 상황에 취해 있었다.

"세상에 우연은 없어, 로디튼. 모든 건 운명으로 얽혀 있는 거야. 자유로운 모험가 로디튼, 너와 전설적인 검인 나, 메리! 우리 둘이 이 질긴 악연을 끊는 데 결정적인 힘을 보태는 거지!"

물론 상황에 취한 건 로디튼뿐만이 아니었다.

둘은 티격태격하면서도 상당히 호흡이 잘 맞았다.

성향 자체가 비슷하니 더 싸우는 걸지도 모른다.

"에단 선생, 우리가 반드시 돕겠소. 그 악독한 문 마더를 부활시키려는 악의의 손길을 꼭 막겠단 말이오! 지금 보니까 마황도 그 1, 2사도의 독사 같은 말솜씨에 홀린 것 같군. 아무리 생각해도 마황이 내게 지워 둔 중요한 빚을 이런 데 쓸 리가 없으니까 말이오."

"너무나도 확실해! 우리가 막을게, 선생! 우리만 믿어!"

둘을 지켜보던 쇼프로브 하이어가 에단을 보았다.

"믿음직한 콤비다. 그런 의심 섞인 눈빛으로 보지 말도록."

"……그대가 그렇다면야 그리 알겠소. 일단 보시다시피 전황은 저렇소. 저 중앙의 거대한 조형물이 보이오? 저게 바로 신의 눈물이라 불리는 건데. 저 신의 눈물이 중심이 되는 곳이오."

 마치 산처럼 툭 놓여 있는 신의 눈물. 그 신의 눈물을 중심으로 거대한 평지가 펼쳐져 있었다.

 그리고 그 광활한 평지에는 다양한 지형지물이 있었다.

"언덕도 있고 요새도 있소. 저 가로지르는 강물도 있지. 성녀는 저 오른쪽, 강물이 한 바퀴 빙 감싸고 있는 요새 안에 있소. 강물과 요새로 두 번 안전을 도모한 곳이지. 아주 좋은 곳에 자리를 잡아 상황이 계속 고착되고 있는 거요. 하지만…… 계속해서 신들이 돌아서고 있기에 상황이 언제 반전될지 모르오."

"무결신체도 저기 있는 건가?"

"그렇소. 성녀는 저 무결신체를 가지고 나가길 원하고 있는데, 일단 나가려면 신의 눈물을 거쳐 정상에 가야 하오. 그런데 그 정상을 차지하고 있는 게 바로 1, 2사도 쪽이오."

 요컨대 1, 2사도를 밀어내야 신의 눈물을 거쳐 신들의 도시에서 나갈 수 있다는 소리였다.

"상황 자체는 상당히 심플한데."

"하지만 힘 싸움은 심플하지 않소. 저기, 잘 보면 만들어진 진흙 인간들의 모습이 전부 다를 거요. 정확하게 표현하자면 색이 싹 다 다르지."

지상에서 본 병력들은 저마다 그 색이 각양각색이었다.

"각 신들이 자신이 만들었다는 걸 알리기 위해 저렇게 색색으로 표시해 놓은 거요. 보면 1, 2사도 쪽 병력들이 훨씬 알록달록하다는 걸 알 수 있지."

"병력도 더 많아."

"반면에 성녀 쪽은 색깔이 단순하고. 알다시피 다들 유희거리를 좋아해서…… 선악을 그리 중요하게 여기지 않거든."

"성녀가 패배해야 인간계에 더 재미난 일이 생길 테고, 나아가 인간들이 신들을 직접 불러 더욱더 재미난 일이 생길 거라는 건가?"

에단의 말에 쇼프로브 하이어가 고개를 끄덕였다.

"그 말 그대로요. 너무 화내진 마시오. 인간들의 기준과 우리들의 기준은 너무나도 다르오. 우리들은 죽지 않…… 는 건 아니지만 오랜 시간 무료한 삶을 살아가오. 인간들은 우리를 전능하다 이야기하지만, 오히려 우리는 인간들을 그렇게 보고 있소. 그들이 우리를 불러야만 이 무료한 삶에서 벗어나 재미난 일들을 겪을 수 있으니까."

신들에게 있어서 살아간다는 건 인간이 자신들을 부르느냐 부르지 않느냐의 문제였다.

그러니 이들은 선악의 구분 없이 재미를 느낄 수 있는

방향으로 행동해 왔다.

대의는 분명 성녀에게 있으나, 그 대의는 인간의 대의이기에 이런 상황이 되어 버린 것이다.

"그러면 싹 다 1, 2사도를 지원해야 하는 거 아닌가?"

에단의 물음에 로디튼이 고개를 끄덕였다.

"선악의 구분 없이 흥미 본위로 움직이는 신이 있는가 하면 선을 생각하는 신이 있어 이리 된 거요. 당장 나만 해도 어느 정도 선함을 가지고 있지."

"……."

에단이 침묵하자 쇼프로브 하이어가 짧게 헛기침을 했다.

"부딪친다."

그러던 중 전장의 변화를 본 에단이 눈을 크게 떴다.

콰앙-!

병장기가 부딪치는 소리와 함께 마법이 비처럼 쏟아져 내렸다.

"허……."

로디튼이 그 모습을 보며 신음했다.

인간과 비슷한 모습을 가진 것들이라고는 하지만 검을 휘두르고 마법을 쏘는 모습, 그리고 쓰러지는 그 모습은 말 그대로 인간이었다.

특히 색이 인간과 비슷한 이들이 죽어 가는 모습은 절

로 인상을 찌푸리게 했다.

"생명이 있는 존재들이 아니니까. 명령이 떨어지면 죽음을 불사하고 앞으로 나아가오. 감정이 없지. 그래서 더 체스 말 느낌을 낼 수 있소."

"체스 판 위 체스 말처럼. 그래서 변수가 아예 없는 거군."

에단이 돌아가는 상황을 자세히 살폈다.

쇼프로브 하이어가 말한 대로 성녀 쪽 병력이 밀리고 있었다.

"둘 다 이 전장에 직접 참여하고 있지는 않군."

"본진에서 상황판을 보고 그대로 명령을 내리면 되니까 그렇소. 아까 그 구름 위, 거기에서 본 지상의 풍경이 지금 1, 2사도와 성녀가 보는 시야 그대로요."

'정말 체스 판을 내려다보며 전쟁을 하는 꼴이군.'

심지어 살아 있는 생명체도 없다.

"오, 저쪽은 신성력 비슷한 걸 사용하는데?"

"아까 말했던 그것이다."

로디튼의 질문에 쇼프로브 하이어가 대답했다.

"그렇다는 건……."

1, 2사도의 병사들도 새파란 냉기를 뿜어 대고 있었다.

각 신들이 가진 특성.

그리고 유희의 대상이 된 인간이 지닌 특성.

이 두 가지가 어우러져 병사들의 힘이 되어 주는 것이다.

쿠웅—!

"이거…… 생각보다 빨리 끝날 수도 있겠는데? 성난 대지의 주인이 그대로 저쪽으로 넘어갔소."

균형이 무너지고 있었다.

"생명도 없고 죽음도 모른다지만 비명은 상당한데?"

메리가 콕 집어 말했다.

"이래서 신들의 성격이 거지 같은 거라고."

로디튼이 혀를 찼다.

"에단 선생, 선생의 뜻에 맡기겠소. 에단 선생이 정하면 그를 돕겠소. 선생의 운명은 선생이 정하는 것이오!"

"운명을 지배해! 선생!"

모험가 콤비가 눈을 반짝였다.

에단은 잠시 고민했다.

"쇼프로브 하이어, 150명 준비해."

"……정말 그 병력으로 저 병력을 뚫고 가겠다고?"

"성녀를 설득하고 문을 여는 사이 1, 2사도가 들이닥칠 수 있어. 그러니 최소한의 병력으로 저길 가로지르는 수밖에."

"……저 병력을 어떻게 가로지를 생각이오? 저들은 저 구름 위에서 전황을 훤히 보고 있소. 반면에 우리에게 보이는 건 수없이 많은 병사들뿐인데."

"방법이 있다."

에단의 머릿속에 딱 떠오르는 게 하나 있었다.

'그때는 전혀 필요 없었는데.'

지금 이 상황에 딱 어울리는 신세계의 신이었다.

* * *

"음……."

꽤 오랜 시간이 지났다.

그 전설적인 구독자가 나타난 이후로 정말 많은 노력을 기울였다.

영상의 퀄리티가 부족한가 싶어 퀄리티를 높이기도 했고, 구독자와 좋아요 수가 부족한가 싶어서 더더욱 많은 영상을 올려 구독자 수와 좋아요 수를 늘리기도 했다.

또한 마음을 안정시키기 위해 고요로 유명한 동양의 신의 영상들도 보았고, 그들이 하는 것처럼 매일 같이 마음 수양을 하기도 했다.

"많이 배웠다. 신이든 인간이든 뜻이 있다면 길이 있는 법. 어쩌면 그 구독자가 내게 이걸 가르쳐 주고자 내 메시지를 무시했는지도 모르지."

전쟁의 신 아레스는 완전히 해탈한 상태였다.

해탈이라는 말이 딱 어울리는 것이, 그는 마음의 평화를 찾은 상태였다. 이제 더 이상 그 대단한 구독자에게 집착하지 않았다.

그가 선택을 할 때가 오면 그저 받아들일 뿐.

그 과정에 있어서 마음을 졸이고 흥분하는 것은 그리 좋지 않은 일이라는 걸 깨달았다.

"고마운 일이지."

마음을 다스린 아레스가 하루 일과를 시작하려는 순간.

띠링-!

알람이 울렸다.

천천히 알람을 확인하던 아레스의 눈이 찢어져라 크게 떠졌다.

"이, 이럴 수가. 말도 안 돼. 말도 안 된다고-!"

그가 지금껏 쌓아 왔던 고요와 해탈이 그대로 깨지는 순간이었다. 방금까지 마음을 졸이고 흥분하는 것이 좋지 않다고 생각하던 아레스는 어디로 사라지고, 순식간에 눈이 충혈되어 손을 덜덜 떠는 아레스만 남았다.

"이, 이게 정말 맞나? 내 눈이 확실한가? 내가 꿈을 꾸고 있는 것인가? 아니, 내가 [제대로 된 신만 구독함] 구독자의 댓글을 받았다고? 구독을 받았다고!?"

아레스의 온몸이 떨렸다. 두 번, 세 번, 네 번, 오십 번을 확인하고 나서야 아레스는 자신의 눈이 틀리지 않았다는 걸 깨달았다.

이건 진짜다.

[제대로 된 신만 구독함] 구독자의 선택이다.

그가 합방을 요청했다!

"아레스, 뭐 하세요?"

놀러 온 아테나가 아레스에게 인사를 건넸다.

"아테나----------!"

"아, 놀래라. 뭐예요. 고요해진 거 아니었어요? 마음이 잔잔하면 그 어떤 폭풍이 몰아쳐도 고요를 유지할 수 있다면서요? 설마 [제대로 된 신만 구독함] 구독자가 메일이라도 보냈어요? 아니면 구독이라도 했나요? 하하하하— 농담이에요. 그럴 리가 없죠. 그 구독자는 벌써 아주 엄청난 메이저가……."

"……."

아테나의 농담에도 아레스는 심각한 표정을 지우지 못했다. 아니, 심각한 표정이 아니다. 감정이 벅차오르는 표정이었다.

눈에는 눈물이 가득 고인 게 툭 건드리면 쏟아질 것만 같았다.

아테나는 심한 불안감을 느꼈다. 설마, 설마 일어나서는 안 될 일이 일어난 것인가?

"아니지, 아닐 거야. 아니죠? 아니죠, 아레스? 말 좀 해 봐요! 아니죠? 그 메이저 구독자님이 그럴 리가 없어!"

불안해진 아테나가 아레스를 심하게 흔들었다. 아레스의 거대한 몸뚱이가 좌우로 흔들렸지만 아레스는 그저 미소만 지을 뿐이었다.

"맞다, 아테나."

"뭐가 맞는데! 뭐가!"

"[제대로 된 신만 구독함] 구독자가…… 아니, 구독자께서 나를 찾았다…… 합방을 요청했다! 전장을 보는 눈이 필요하다고 했다! 지금 그분은 전장의 한가운데에서 전장을 마음대로 주무를 수 있는 강력한 힘이 필요하시다고 하더군."

"맙소사. 말도 안 돼. 말도 안 된다고요! 그런 눈이라면 내가 더 좋아요! 왜 내가 아니라…… 내가 아니라 아레스 당신인 건데!"

"넌 중간에 포기했지?"

아레스가 말했다.

"난 사실 포기하지 않았다. 언젠가는…… 나를 돌아봐 줄 거라 알고 있었거든. 그래서 매일 같이 자기 확신을 했다. [제대로 된 신만 구독함] 구독자가 언젠가 나를 구독해 준다! [제대로 된 신만 구독함] 구독자가 언젠가 나를 원한다! [제대로 된 신만 구독함] 구독자가 언젠가 내 기술을 원할 거라고오오오-!"

"안 돼……."

"돼!"

아레스는 아테나를 남기고 곧장 뛰쳐나가며 [제대로 된 신만 구독함]의 합방 요청을 받아들였다.

그의 품에는 이미 그가 만든 굿즈가 한가득이었다.

"믿음이…… 부족했어."

아테나가 뛰었다.

"하루에 세 번씩 그 구독자님이 있는 방향으로 절을 해야 해. 석가모니가 그렇게 말하셨어. 지성이면 감천이라고 했어!"

끝날 때까지 끝난 게 아니다.

* * *

전쟁의 신 아레스.

'오랫동안 묵혀 뒀던 아레스를 구독할 때가 됐지.'

지금 에단에게 필요한 건 아레스의 힘이었다.

아레스는 유명한 전쟁의 신이었다.

전장에 공포를 심어 주고 모든 걸 파괴하는 신들 중 한 명이었다.

지금까지는 전쟁과 연관이 없었지만, 전쟁터 속으로 뛰어들어야 하는 지금 상황에선 아레스를 구독하는 게 제일이었다.

'아테나도 있지만 지금 필요한 건 아레스야. 둘의 스타일이 조금 다른 걸로 알고 있거든.'

신화 속에서도 그렇다. 아레스는 전쟁에서 승리하는 데 정석적인 방법을 사용한다.

영웅처럼 돌진하여 적장을 베고 포로를 만드는.

그러나 아테나는 다르다.

'잿더미로 만드는 것. 그게 아마 아테나가 추구하는 승리였지?'

하지만 성녀의 병력을 잿더미로 만들면서 전진할 생각은 없었다. 딱 길만 뚫으면 됐다.

-전쟁의 신 아레스를 구독하시겠습니까?

에단은 아레스를 구독하고 곧바로 합방을 요청했다.

이제 신세계에서 에단은 아이콘 그 자체가 되어 있었다.

구독자 이름을 말하면 그 어떤 신이든 곧장 에단을 알아보고 함께하고 싶어 한다.

'모두가 날 원한다는 건 참 좋은 일이지.'

어깨가 으쓱 올라가는 일이다.
"근데 신세계 상황이 묘한데."
에단은 아레스를 구독하며 신세계의 상황을 살폈다.
순위표, 영상들, 그리고 커뮤니티에서 나오는 이야기들.
특히 최상위 4신의 상황이 묘했다.
에단이 신세계에 불을 지피긴 했지만, 신세계 상황은 크게 고착화되어 있어 최상위권의 순위는 바뀌는 일이 없었다.
하지만 에단은 척준경을 시작으로 포세이돈과 여러 신들의 순위를 올려 주었다. 그 이후로도 많은 신들이 에단의 손에 의해 떡상하면서 상위권의 판도가 바뀌기 시작했다.
그런 에단의 실적에 자극을 받았는지, 오딘을 시작으로 옥황상제와 제우스, 그리고 석가까지 영상을 활발하게 올리고 있었다.
'근데 이렇게까지 열심히 할 이유가 있나?'
에단이 묘하다고 생각한 건 이들의 활동성이었다.
'이미 순위는 확고해. 특히 1, 2, 3위가 상당히 공고하다고. 이 최상위 신들이 아예 활동을 하지 않는다면 모를까. 메이저 신이 활동까지 열심히 하면 순위가 바뀔 일이 없어. 지금처럼 영상을 계속 올릴 필요가 없다는 거야.'

최상위 순위로 도약할 확률이 가장 높은 건 척준경이었는데, 제아무리 척준경이라고 해도 저 네 신에 대항하기는 힘들었다.

'기세를 한번 더 탄다면 4위 자리는 빼앗을 수 있겠지만…….'

딱 거기까지다. 경각심을 주기엔 충분하겠으나, 별다른 일 없이 무난히 가면 신세계의 순위는 이대로 결정될 가능성이 높았다.

'그런데도 다들 너무 열심히 하는데? 너무 적극적이야.'

에단은 잠시 고민했다.

만약 순위대로 이 신세계의 우승자가 결정되는 거라면 굳이 4신들이 열심히 할 필요가 없다.

그런데도 이렇게 열심히 한다?

"다른 기준이 있나? 순위만으로 모든 게 다 결정되는 게 아닌가?"

저들이 이토록 열심히 하는 걸 봐선 단순히 순위만으로 신세계의 우승자가 정해지지 않는 것일지도 모른다.

'내가 계속해서 띄워 주는 신들에 민감하게 반응하는 것도 맞아 떨어져.'

"분명 기준이 몇 개 더 있어. 순위와 더불어서 우승자를 정하는 다른 기준이 분명 있는 거야. 그러니 최상위 4

신이 저렇게 열심히 하는 거고."

그렇게 생각하니 앞뒤가 맞았다.

하위 신들은 그저 순위로 우승이 정해진다고만 생각하고 있다. 하지만 그건 말 그대로 예상일 뿐.

저 최상위 4신은 그들보다 신세계에 대해서 더 정확히 알고 있을 터.

'물론 다 내 예상일 뿐이지만, 일단 확인해 볼 필요는 있겠어.'

만약 우승자가 나온다면 신세계는 어떻게 될까.

'누가 우승을 하든 축하할 일이지만, 신세계가 사라지는 건 상당히 아쉽겠군.'

에단이 잠시 기다리고 있자 아레스가 빠르게 합방 요청을 받아들였다.

-전쟁의 신 아레스와 합방을 진행합니다.

샤아아악-.

다가닥-. 다가닥-.

수천, 수만의 기병들이 달리고 있었다. 에단은 그 기병들을 내려다볼 수 있는 곳에 있었다.

"[제대로 된 신만 구독함] 구독자!"

붉은 머리칼.

3장 〈115〉

산보다도 클 것 같은 덩치와 황금색의 갑옷.

전쟁의 신 아레스가 망토를 휘날리며 에단에게 다가왔다.

"반갑군! 반가워!"

아레스가 손을 내밀며 악수를 청했다. 에단은 그 손을 잡았는데, 잡자마자 그 강력한 거력을 느낄 수 있었다.

'손이 정말 크군.'

"반갑습니다, 아레스 님. 여러 번 제게 메일을 보내 주셨는데, 이제야 답장하게 된 점 양해 부탁드립니다."

"아니야, 아닐세! 그건 다 내가 부족해서지. 신은 구독자들이 원하는 능력과 영상을 만들 필요가 있어. 선택은 언제나 구독자들이 하는 거지."

아레스는 도무지 웃음을 감추지 못하고 있었다.

꿈이 이루어졌다.

"자네는 내 꿈이었네!"

에단 스스로도 알고 있다. 현재 신세계에서 자신의 위치가 얼마나 대단한지.

하지만 아레스의 반응은 너무나도 격렬했다.

'광팬이 생길 줄은 몰랐는데.'

에단은 모를 수밖에 없었다. 아레스가 거쳐 온 기다림의 세월을.

물론 아레스는 에단에게 구독을 받자마자 그 긴 시간을

모두 잊은 상태였다.

과거에 머물러서는 현재를 살아갈 수 없으니 말이다.

"전쟁을 벌인 건가? 그렇다면 내가 해 줄 수 있는 일들이 아주 많지. 전장을 보는 눈! 나, 전쟁의 신 아레스의 판단력을 줄 수 있네! 굿즈도 챙겨 줄 수 있지!"

에단이 아직 아무런 말도 꺼내지 않았음에도 아레스는 자신이 줄 수 있는 모든 것들을 줄줄이 말하기 시작했다.

"제가 드릴 수 있는 게 너무 적습니다."

"그대는 이미 줬어."

아테나가 이 광경을 봤다면 그랬을 것이다.

순애보라고 말이다.

4장

4장

아레스는 이 상황에 상당히 감격하고 있었다.

눈앞에 [제대로 된 신만 구독함] 구독자가 있고 그가 선택한 자신이 있다.

"음, 음음."

[제대로 된 신만 구독함] 구독자의 구독으로 지금까지의 노력을 모두 인정받는 듯했다.

때문에 자신도 모르게 계속 웃음이 나와, 아레스는 간신히 웃음을 참아야 했다.

"우선 합방 요청에 응해 주셔서 감사합니다, 아레스 님."

"별말씀을!"

"그럼 혹시 아레스 님, 아레스 님의 능력에 대해서 물어보기 전에 다른 질문을 하나 해도 되겠습니까?"

"무엇이든 물어보게나! 내가 답해 줄 수 있는 거라면 성심성의껏 대답해 주겠네."

에단이 아레스를 보았다.

"신세계에서 승리하기 위한 조건을 아십니까?"

아레스는 신세계 내에서 어느 정도 규모가 있는 신이었다.

그리고 최상위 4신인 제우스와 아주 연관이 깊은 신이기도 했다.

"승리 조건? 신세계의 승리 조건을 묻는 건가?"

아레스가 의아한 듯 되물었다.

"신세계 최상위 4신께서 최근 영상을 꽤 올리고 계시더군요."

에단이 현 상황에 대해서 설명했다.

짤막하게 설명했는데도 아레스는 금방 에단의 말을 이해하고는 고개를 끄덕였다.

"활동 시기가 묘하게 겹치는 게, 혹시나 제가 예상한 일이 벌어지고 있을까 하는 생각이 들었습니다."

"으으음, 그럴 수 있겠어. 확실히 네 분이 갑작스레 움직이시긴 했지. 근데 그건 [제대로 된 신만 구독함] 구독자 그대에게 자극을 받아서일 텐데? 척준경, 그분을 위로 끌어올렸잖나! 그대가 위기감을 준 거야!"

신세계의 수많은 구독자들과 신들에게 물어도 같은 말을 할 것이다.

 고착화되어 있던 신세계에 자극을 던진 것이 바로 [제대로 된 신만 구독함] 구독자다.

 처음엔 하위권의 신들을 조금 위로 끌어올려 수많은 구독자들에게 노출시키는 정도였다.

 하지만 시간이 지나며 상위 신들에게 영향을 줬고, 척준경이 최상위 신으로 도약할 수 있도록 도운 게 바로 에단이었으니.

 최상위 4신이 동시에 움직인 건 오로지 에단의 영향이라는 뜻이었다.

 "타이밍이 잘 맞았다고 생각합니다. 본래 그분들께서 준비하던 게 제가 한 일들과 맞물렸을 뿐이지요."

 "역시."

 아레스가 씩 웃었다. 자신이 상상한 대로 이 구독자는 상당히 겸손했다. 그 겸손의 끝에서 나오는 자신감이기에 수많은 신들이 그를 믿고 일을 맡기게 된 것이다.

 "음…… 그러면 일단 [제대로 된 신만 구독함] 구독자께서는 이 신세계가 끝을 바라보는 것 같다는 거군? 최상위 4신들은 신세계의 끝이 다가오니 더 적극적으로 움직이는 거고 말이야."

 "예, 만약 끝이 다가오는 거라면, 그 승리 조건이 궁금해져서 말입니다."

"으으음······ 나도 많이 들은 건 없다만. 가끔씩 제우스 님을 뵈러 가곤 하거든."

최상위 4신 중 하나.

번개의 주신 제우스.

'아레스는 제우스의 자식이니까.'

최상위 신들만 알고 있는 것들을 건너 들어 알고 있을 가능성이 높았다.

"단순히 순위만으로 신세계의 우승자가 될 수 있는 건 아니라고 하시더군. 순위도 중요하지만 모든 것들이 종합적으로 책정되어 점수에 들어간다고 들었어. 수많은 구독자들이 각각의 선택을 하는 만큼, 구독자의 중요도가 상당히 높다고 하셨지."

'역시 그렇지. 순위만으로 우승자가 결정된다면 다른 신들이 신세계에 그리 힘을 들일 필요가 없을 테지.'

이미 승부가 났으니까.

하지만 신세계의 우승자는 단순히 구독자 수와 좋아요 수로만 정해지는 게 아니다.

'신세계는 기본적으로 신들이 선택을 받는 메커니즘이니까.'

우승자가 정해지는 데 구독자의 선택이 상당히 중요한 영향을 끼칠 가능성이 있었다.

'그러니 더 열심히 하는 거지. 임팩트를 주기 위해.'

오랜 기간 순위표의 상위권에 머물면 그만큼 임팩트가 떨어진다.

오히려 임팩트가 있는 건 낮은 순위부터 천천히 높은 순위까지 올라가는 것이다.

'결국 관심을 끄는 건 서사거든. 이야기가 중요한 거야.'

구독자들은 신처럼 완벽하지 않다.

물론 신들도 완벽하지 않지만 구독자들은 훨씬 더 불완전하다.

그렇기에 신들에겐 구독자들에게 어필할 수 있는 부분이 있어야 했다. 그게 서사든 압도적인 능력이든.

무엇이든 좋다.

'흐으으으음, 그렇다면 더욱 더 내가 부각될 수밖에 없겠는데.'

에단은 서사를 부여하는 데 탁월한 구독자였다.

구독 후기, 쇼츠 영상 등, 에단이 신세계에서 지금까지 지 해 왔던 것이 바로 이 서사 부여였으니까.

'허준이 그 서사의 시작이었지.'

그 허준은 지금도 신세계에서 핫한 신 중 하나였다.

지금도 쭉 순위가 상승하고 있는 게, 밑바닥에서 시작해 위로 올라온 동양의 만물 의사라는 서사 덕분이었다.

허준은 에단이 발견하기 전까지 신세계의 밑바닥에서 자리를 잡고 있었다.

그랬던 허준의 순위가 계속해서 올라가고 있다. 그런데 허준 자체는 달라진 게 없다.

그저 구독자들이 허준을 알게 된 것뿐.

'많이 올라왔다 하지만 50위 안에도 들지 못해. 50위가 뭐야, 100위 안에도 도달하지 못했어. 그런데도 허준을 모르는 신세계 구독자는 거의 없지.'

이게 바로 이야기의 힘인 것이다.

"답변 감사합니다, 아레스 님."

"도움이 되었나? 그렇다면 본격적으로 특훈에 들어가자고."

신세계의 상황에 대해서 들은 후, 에단은 본래 아레스로부터 배우려고 했던 전장을 읽는 힘에 대해서 배웠다.

"이 전장을 읽는 힘은 본능이 상당히 중요하거든. 전장은 살아 있는 생명체와 같아서, 계속해서 그 형태가 변하지. 분명 방금 전까지 네모난 모습이었던 전장이 어느새 세모가 되고, 어느새 또 마름모꼴이 되기도 하지. 그렇기에 본능적으로 이해해야 하고, 읽었다면 곧바로 행동해야 해."

멈춰 서는 순간 흐름은 또다시 바뀌어 버린다. 그러니 가만히 있으면 흐름을 거스를 수도, 뒤바꿀 수도 없다.

"그 변화엔 일종의 패턴이 있다네. 그 패턴을 읽어야 해. 하지만 이건 말로 설명할 수가 없다네. 알다시피 나는 본능적인 편이거든. 그래서 내 능력에 그 본능까지 다 담았다네. 내 능력을 배운 이들은 내가 보는 전장을 그대로 볼 수 있다는 뜻이야."

아레스가 가장 신경 쓴 부분이었다.

본능적으로 능력을 사용해 탁월한 효과를 내는 대부분의 신들에게 부족한 게 바로 이 말주변이었다.

제아무리 대단한 능력이 있다고 한들 배우는 이에게 이해시키지 못하면 의미가 없다.

아레스는 말주변을 늘리는 대신 자신의 본능을 능력에 포함시켜, 배우는 이가 훨씬 더 편하게 사용할 수 있게 했다.

'오.'

에단은 아레스의 아이디어에 감탄했다.

"만약 제가 참여하려는 전장이 나무 인형들로만 이루어진 전장이라면, 이 흐름이라는 것이 변할까요?"

에단의 질문에 아레스가 음, 하고 콧김을 내뿜었다.

"명령만으로 움직이는 변수 없는 전장인 게군? 그럼 오히려 읽기 쉽지! 흐름 자체가 일관될 테고, 잠시 머뭇거린다 해도 그 흐름이 세차게 바뀌진 않을 테니까 말이야. 그 전장은 사실상 한 명의 뜻으로 이루어진 전장이니!"

'말 그대로야. 역시 아레스를 고르길 잘 했군.'

아레스가 웃으며 말했다. 완전히 물 만난 물고기였다.

"그 전장을 통솔하는 딱 한 명만 꿰뚫어 보면 되는 거니까. 난이도로 치자면 1단계라고. 그 정도 난이도라면 내 능력을 처음 사용하는 거라 해도 무조건 꿰뚫을 수 있지."

에단은 아레스로부터 전장의 상황을 읽을 수 있는 힘을 배우게 되었다.

-군신의 투구를 배웠습니다!
-스킬 추가 : 군신의 투구 (S)

에단이 스킬을 사용하자 머리에 투명한 투구가 씌워졌다.

"그 투구를 쓰고 있는 동안 자네도 전쟁의 신이라고 볼 수 있는 걸세. 당당하게 말해도 좋네. 전쟁의 신 아레스에게 배웠노라고."

군신의 투구를 쓴 에단이 몹시 보기 좋았는지, 아레스가 경쾌하게 웃었다.

"이것도 가져가게나. 그 투구에 꽂을 수 있는 깃털인데, 이 깃털이 있으면 전장의 상황을 더욱 더 생생하게 볼 수 있지. 내 굿즈라네."

아레스는 에단에게 줄 수 있는 모든 것을 내주었다.

'전쟁의 신이라서 굉장히 사나울 줄 알았는데.'

생각보다 푸근한 신이었다.

"감사합니다, 아레스 님. 약속한 것들은 제가 확실히 하겠습니다."

"기대하겠네!"

구독 후기와 쇼츠 영상은 매우 중요하다. 하지만 아레스는 [제대로 된 신만 구독함] 구독자에게 구독을 받았다는 것만으로도 상당히 기뻤다.

아테나도 아니다.

다른 전쟁의 신들도 아니다.

그 수많은 신들을 건너 결국 자신에게 도달한 것이다.

"다시 한번, 나를 선택해 줘서 고맙네."

* * *

아레스의 힘을 얻은 에단이 눈을 떴다.

그 짧은 시간 동안 쇼프로브 하이어는 150명의 병력을 준비해 둔 상태였다.

병사들의 색은 옅은 푸른색이었다.

"정말 가능한지 모르겠소. 솔직히 말하자면 신인 나도 저 전장엔 함부로 참여할 수가 없소. 물론 내가 약한 신인 것도 있지만…… 지금 저곳은 이미 흐름이 만들어진 상태요."

까앙-! 까앙-!

밀리고 다시 밀쳐 내고.

쇼프로브 하이어가 말한 대로 지금 저 전장은 살아 있는 생명체처럼 움직이고 있었다.

소용돌이 같은 흐름이 있어, 그 흐름을 거스르려면 강력한 힘이 있어야 했다.

150명? 턱도 없이 부족한 숫자였다. 흐름을 거스르기는커녕 흐름에 휘말려 죽기 딱 좋았다.

"나야 괜찮은데."

이곳은 신들의 유희 장소라, 불사의 존재인 신들은 죽지 않는다. 에단이 가진 신격을 없애는 힘 같은 게 아니라면 절대 죽지 않는다.

그러나 에단은 다르다. 에단은 어디까지나 인간이다. 이곳이 특별하게 만들어진 마법적인 공간이라고 한들 죽지 않는 건 아니었다.

"그대는 실패하면 죽소. 이건 아무리 봐도 무모한 일이요. 지금까지 그 몸으로 발버둥 쳐 온 건 죽지 않기 위해서였던 것 아니오?"

쇼프로브 하이어가 이번엔 로디튼을 보았다.

"함께 간다고 했는데. 너도 죽는다, 인간 모험가."

"운명에 대항하는 길은 항상 험난하지. 난 그저 뒤를 따를 뿐."

"파트너가 뜻을 정했는데, 난 그걸 방해할 정도로 눈치 없는 검이 아냐."

로디튼과 메리가 차례로 대답했다.

"하······."

쇼프로브 하이어가 고개를 절레절레 저었다.

"쇼프로브 하이어, 가자."

"어······? 나도 가는 건가?"

"그럼 지켜만 보고 있게?"

"······."

"그리고 말이야. 신들은 죽음에 대해서 모르는 게 있다."

에단이 말했다.

"인간은 말이지. 때로는 살기 위해서 죽음을 향해 걸어가야 할 때가 있거든."

그 말에 쇼프로브 하이어가 침묵하다가, 깊게 한숨을 내쉬었다.

"모르겠다. 그래, 원하는 대로 해라. 죽어도 나를 원망하진 마라!"

-불꽃과 도적의 신 쇼프로브 하이어가 당신에게 힘을

양도합니다.
-수하의 숫자 : 150
-원하는 대로 컨트롤할 수 있습니다. **명령을 내리십시오!**

에단은 쇼프로브 하이어로부터 병력의 권한을 양도받았다.

"보병, 기병, 궁병. 총 세 가지로 보직을 변경할 수 있다. 네 명령은 뭐든 따를 거다. 적은 숫자지만 별동대 정도는 할 수 있겠지."

쇼프로브 하이어는 더 이상 조언을 해 줄 수가 없었다.

이미 이 작전이 실패할 거라 생각했기 때문이었다.

고작 150명으로 뭘 할 수 있을까.

콰앙-! 까앙-!

전장의 상황은 상당히 혼란스러웠다. 여기서 보는 것만으로는 아무것도 알 수가 없었다.

에단은 한번 심호흡을 하고는 곧장 스킬을 사용했다.

-군신의 투구를 사용합니다.

샤아아아악-.

순간 냄새가 났다.

'……!'

에단은 아레스가 설명했던 전장의 냄새가 뭔지 이해했다.

'그리고 보인다.'

지금 에단에게 필요한 건 전장의 흐름이었다. 어느 부분이 강한지, 어느 부분이 약한지. 어딜 공략해야 뚫을 수 있는지.

전장의 흐름을 볼 힘이 필요했다.

군신의 투구는 그러한 부분을 상당 부분 충족시켰다.

'약한 부분은 초록색으로 보여. 마치 그쪽으로 움직이라는 것처럼.'

에단이 곧바로 150명의 병력과 쇼프로브 하이어를 데리고 전장으로 뛰어들었다.

에단의 바로 뒤에는 로디튼이 섰다.

-군신의 힘이 하늘에 닿습니다!
-전장에 참여하셨습니다.
-특수 스킬을 사용할 수 있습니다!
-전장에 참여하는 동안 '군신의 포효'를 사용할 수 있습니다. 사용 시 주변의 적들을 일시적으로 마비시킵니다.
-전장에 참여하는 동안 '전장판'을 통해 전장의 상황을 위에서 확인할 수 있습니다.

'이래서 전쟁의 신이라는 거지.'

아레스의 능력은 전장에서 압도적인 성과를 낼 수 있게끔 구성되어 있었다.

게다가 아레스 본인에게 특훈을 받았기 때문에 그의 능력을 꽤나 익숙하게 사용할 수 있었다.

"기병 전환."

고작 150명.

하지만 에단에겐 충분한 숫자였다.

선두에는 에단이 서고 그 옆에는 로디튼이 섰다.

"우리의 목표는 길을 뚫는 겁니다, 로디튼 님. 상대를 죽일 필요도, 제압할 필요도 없습니다. 최종적으로 로디튼 님 과 저, 그리고 쇼프로브 하이어만 저 요새에 도착하면 됩니다."

"그렇다면 더 쉽겠군!"

"식은 죽 먹기지! 먹진 못하지만!"

에단이 일직선으로 뛰었다. 로디튼이 곧장 그 뒤를 따랐다.

그리고 그 뒤를 쇼프로브 하이어와 병사들이 채웠다.

"전장판."

에단은 곧장 전장판 능력을 사용했다.

전장 한가운데를 보면서도 또 다른 시야를 활성화시켜 저 하늘 위에서 내려다보는 것처럼 전장을 볼 수 있었다.

'이거 상당한데.'

이게 전쟁의 신 아레스가 보는 시야란 말인가?

에단이 검을 들었다.

갑작스레 나타난 에단을 본 성녀 쪽 병사들이 잠시 멈추더니 망설임 없이 무기를 겨눴다.

여러 색의 병사들은 여러 능력을 가지고 있다.

'신들의 능력.'

콰-.

초가속을 사용해 한층 속도를 높인 에단이 뒤따르던 로디튼보다 더 빨리 병사들에게 접근했다.

첫 충돌. 굉음과 함께 에단의 검이 휘둘러졌다.

에단 검술 제2식
문포스

콰가가가가각-!

냉기가 주변을 순식간에 가득 채웠다. 에단이 검을 휘두른 그 범위 내의 바닥이 싹 다 얼어붙었다.

서 있던 병사들 또한 새하얗게 얼어붙은 상태였다.

"워우."

그 위력엔 당사자인 에단도 놀랐다. 문포스 교단의 사도들을 선정한 이후로 전력을 다해 휘둘러 본 건 이번이 처음이었다.

 얼어붙은 범위가 저 끝까지 이를 정도로 그 위력이 엄청났다.

 '첫 충돌이라 힘을 좀 썼는데. 이건 여러 번은 못 쓸 거 같고. 하지만 임팩트는 상당해.'

 첫 인사로는 상당히 좋았다.

 "무슨 인사를 저렇게 화려하게 하는 건지!"

 "우리도 질 순 없잖아, 로디튼!"

 에단이 2식을 펼침과 동시에 도착한 로디튼이 메리와 함께 날뛰었다.

 메리를 든 로디튼의 몸에 검붉은 오라가 피어올랐다.

 "블러디 크로우."

 콰득-!

 얼어 버린 병사들을 방패 삼아 선 로디튼이 멀쩡한 병사들에게 검을 휘둘렀다.

 "돌진!"

 뒤늦게 도착한 쇼프로브 하이어와 150명의 병사들이 에단이 만들어 낸 길을 고정시켰다.

 '어차피 고정은 오래가지 못해. 하지만 이렇게 한 순간만이라도 고정하면 된다. 이 150명은 나와 로디튼을 위한 미끼가 되어 줄 테니까.'

 콱-.

에단이 강하게 땅을 밟아 다시 전진했다.

'전장이 움직이고 있다.'

아레스가 말했던 것처럼 전장이 살아 움직이고 있었다.

흐름.

에단은 그 흐름을 읽고 순간 방향 전환을 하며 초록빛을 따랐다.

'저 초록빛이 내가 나아가야 할 길이다.'

그러나 세차게 흐르는 전장의 흐름은 계속해서 에단의 길을 막아섰다. 안으로 들어갈수록 그 방어 태세가 단단해 뚫기가 어려웠다.

쿠웅-!

하늘에서 거대한 도끼가 떨어졌다.

쫘앙-!

그와 동시에 창을 든 병사들이 에단을 찔렀다. 몹시도 기다란 창이어서, 그들은 하늘에서 떨어지는 거대한 도끼의 영향권에 들지 않으면서도 에단의 행동 범위를 크게 제약했다.

'거기다 숫자가······.'

에단이 제아무리 강하다고 한들 이 정도로 적의 숫자가 많다면 부담이 될 수밖에 없다.

"불릿 타임."

그러니 구멍을 내야 했다.

에단은 시간을 느리게 만든 후 뤼카를 소환해 온몸에 마나를 둘렀다.

'너무 빠르게 움직이면 후속대가 따라오지 못해. 그러니 속도 조절을 해야 한다.'

방금 확실하게 깨달았다. 속도를 내서 움직이다 홀로 고립되면 방향을 잃게 된다. 세찬 흐름 속에 갇혀서 나오지 못하게 된다.

서리검과 천뢰검을 든 에단이 일점을 향해 검을 휘두르고는 전진을 멈췄다. 대신 길을 넓히며 후방을 열어 두었다.

성녀 쪽 병력들이 어떻게든 에단을 막으려 했으나 이들은 에단만을 상대하는 게 아니었다.

앞서 1, 2사도들의 병력들도 함께 상대하고 있었기에 에단만을 막을 수가 없었다.

"와……."

"감탄하고 있을 때가 아니야, 메리. 우리도 보여 주자고."

에단의 압도적인 전진 속도는 로디튼도 따라가기가 벅찰 지경이었다. 로디튼을 따라 수많은 경험을 해 온 메리도 처음 보는 광경에 자기도 모르게 감탄사를 내뱉고 있었다.

"뒤처지면 죽는 거라고 생각해, 로디튼!"
"방금까지 감탄만 하고 있었으면서."
"하품이었어!"
로디튼이 에단의 뒤를 따르며 한번 더 쐐기를 박았다.
그렇게 둘이 뚫으면 기병들이 따라 들어와 길을 일정 시간 유지했다. 그 과정에서 적잖은 수의 기병이 쓰러져 나갔지만 상관없었다.
"너무 성녀 쪽 병력만 처치해서는 안 됩니다."
"알고 있소, 선생!"
로디튼은 방향을 틀어 1, 2사도 쪽의 병사들을 공격했다. 성녀 쪽 병사들을 공격하다 1, 2사도 쪽 병사들을 공격해 버리니 상황이 상당히 이상해졌다.
성녀 쪽 병사들도 순간 멈춰 의아하다는 듯 로디튼을 바라보았다.
"내가 편을 든다면 그건 낭만을 쫓는 이들의 편이라고 이야기해 두겠소."
"낭만추적자라고 불러 줘!"
그 말과 동시에 메리와 거의 한 몸이 되어 버린 로디튼의 눈이 충혈되어 붉게 변할 때.
콰아아아악-!
서-걱!
"캬하하하하하핫-!"

로디튼의 등에서 날개가 솟아났다.

메리는 피에 굶주린 검. 이들에게선 피가 나지 않았지만 그 대신 일종의 마나가 흘러나왔다.

"이런 것도 별미지!"

갑작스레 나타나 양쪽 병력을 도살하는 로디튼에 순간 양쪽 병력들이 멈칫거렸다.

"둘 다 눈치챘군. 이 전쟁에 이레귤러가 들어왔다는 걸!"

"우리는 운명의 강탈자들이다! 원하는 운명으로 돌아가도록 조정하는 게 우리의 일이다!"

로디튼과 메리가 미친 듯이 날뛰며 균형을 맞추는 사이.

에단은 더욱더 깊게 안쪽으로 파고들고 있었다.

로디튼의 말처럼 성녀는 이 요새로 향하는 제3의 세력이 있다는 걸 알게 되었다. 그랬기에 에단의 전진에 한층 더 당황했다.

"여기선 내 목소리가 안 닿을 테니까."

결국 요새 앞까지 가는 수밖에 없다. 요새 앞까지만 가면 목표 달성이다.

'요새를 뚫는 건 힘들지만 내 말을 전달하는 건 쉽거든.'

에단의 두 눈이 빠르게 주변 상황을 훑었다.

피어오르는 냄새가 에단이 나아가야 할 방향을 정해 주었다.

'대각.'

대각 부분의 연결 고리가 약하다. 에단의 발밑에서 초록색의 빛이 그쪽으로 향하는 길을 가르쳐 주었다.

에단은 초록빛을 따라 앞으로 쇄도했다.

콰앙-!

에단의 일격에 주변으로 냉기가 흩뿌려졌다. 확실히 이곳은 다른 쪽과 달리 병력이 제대로 진형을 이루지 못하고 있었다.

에단은 한 걸음 앞으로 나아감과 동시에 전장판을 보았다.

시시각각 변하는 전장판의 흐름 속에서, 에단은 최단거리로 요새에 도착할 수 있는 루트를 발견했다.

샤악-.

초록색으로 빛나는 단 하나의 길.

"여기다."

정확한 타이밍.

에단이 그 길을 향해 쇄도했다.

쿠궁-! 쿠궁-!

에단이 안으로 들어가자 그가 지나온 길이 빠른 속도로 닫혔다. 하지만 그것도 잠시.

콰앙-!

쇼프로브 하이어와 그가 만든 병력이 닫힌 길을 다시 한번 뚫었다.

"이거…… 이상해. 너무나도 이상하다고. 전부 다 보이는 건가? 이 전장의 모든 흐름이?"

쇼프로브 하이어는 경악에 경악을 거듭하고 있었다.

이건 실패할 게 분명한 일이었다.

150명으로 수만 명이 싸우고 있는 전장을 뚫고 들어가 전장 너머의 요새까지 진격한다?

말로는 쉽지만 절대로 성공할 수 없는 일이었다.

"될지도 몰라."

하지만 뭔가 달랐다.

에단의 움직임.

전장을 보는 눈.

도대체 어떻게 알았는지, 에단은 흐름이 무너져 약해진 틈을 놓치지 않고 쇄도했다. 완벽하게 만들어진 진형도 한순간 어긋나는 부분이 생기는데, 에단은 그 틈을 절대 놓치지 않았다.

"쇼프로브 하이어!"

"가고 있다!"

틀림없다.

"뒤에 눈이 달려 있어. 이 모든 전장을 파악하고 있고."

쇼프로브 하이어는 감탄을 거듭하며 계속해서 에단의 뒤를 따랐다.

* * *

 언덕 위.
 이러한 에단의 활약을 보고 있는 신이 있었다.
 "쇼프로브 하이어에 새로운 인간이라…… 지금 우리의 게임판에 달랑 150명을 들고 들어와?"
 하지만 저들은 마치 성난 말이 이끄는 전차처럼 성녀 쪽의 진영을 뚫고 들어가고 있었다.
 "성녀는 지금 어쩌고 있지?"
 "상태는 안 좋아. 상대 쪽 암흑 사도라는 놈들 쪽으로 너무 많은 신들이 붙었어."
 "그쪽이 훨씬 더 재밌긴 하니까."
 "인간이 있어야 재미도 있는 건데. 그쪽에 붙으면 인간들은 다 죽을 거라고. 그래도 재밌을 거라 생각하나?"
 "인간은 오래토록 아껴 주어야 하는 법인데 말이야."
 성녀 쪽의 신들은 팔짱을 끼고는 에단을 주시했다.
 도저히 정체를 알 수 없는 자였다.
 "도대체 어디서 온 놈이야?"
 "뭔가 느껴지기는 하는데……."

"암흑 사도 놈들과 같은 기운도 느껴져. 암흑 사도 쪽 인간 같은데?"

"근데 저자와 같이 온 인간은 지금 암흑 사도 쪽을 썰어 버리고 있다고."

"전장이 이상해진다……."

신들은 빠르게 성녀에게 가서 이 전장에 대한 조언을 해 줄 생각이었다.

하지만 그보다 에단이 빨랐다.

"미친!"

"쟤 뭐야!"

에단의 전진 속도가 심상치 않았다.

요새까진 아직도 거리가 멀다. 초반에야 속도를 내서 돌파했지만 안쪽으로 들어가면 들어갈수록 뚫기가 어려워지니 당연히 멈출 거라고 생각했다.

애초에 에단 쪽 병력은 150명밖에 없고, 그 150명도 초반에 다 써 버려 얼마 남지 않았으니.

홀로 안쪽으로 들어가도 결국 포위당해 더 이상 전진하지 못할 터.

하지만 그 예상은 틀렸다. 에단은 계속 전진하고 있었다.

"막지를…… 못하잖나."

"어떻게 된 거냐? 저 주황색 병사들은 네 병사들인데?"

"……방어에 특화된 병사들인데."

신 하나가 고개를 까딱거리며 자신의 병사들을 확인했다.

"내 병사들에겐 아무런 문제가 없다."

"그럼 어디에 문제가 있다는 거지?"

"저 인간, 저 인간이 문제다."

문제가 있다면 딱 하나.

저 미친 인간뿐이었다.

5장

5장

콰앙-!

인간이 검을 휘두를 때마다 길이 생겨났다. 물론 병사들이 그 앞을 막고 전진하지 못하게 만들었으나 그것도 잠깐.

인간은 닫힌 길을 힘으로 열고 계속해서 앞으로 전진했다.

엄청난 속도로 병력을 뚫고 전진하니 요새까지의 거리가 크게 줄어들고 있었다.

"……이거 위험한데."

만약 저 인간이 암흑 사도가 보낸 히든카드라면.

이 전장은 패배로 돌아가게 된다.

그렇게 되면 즉시 퇴출이었다.

이 신들의 도시는 승리자들의 도시가 될 것이다. 패배한 자신들은 그들이 허락해 주기 전까진 절대 이곳으로 돌아올 수 없다.

이건 그런 대결이었다.

"……."

하지만 신들은 적극적으로 개입할 수가 없었다.

이미 모든 걸 성녀에게 맡겨 두었다.

암흑 사도 쪽 신들도 마찬가지일 것이다. 그들도 이 싸움에 직접적인 개입은 불가할 터.

신들이 할 수 있는 건 병사를 통해 자기 능력을 빌려주는 것뿐이다.

"믿고 기다리는 수밖에."

"저 인간이 성녀의 적이 아니기를 말인가?"

"아니, 성녀가 저 인간을 막기를."

콰앙-!

그러나 그 염원은 허무하게 무너졌다.

"……길이 생겼다."

괴물 같은 인간이 다시 길을 열어 요새 앞에 도착한 것이다.

"저게 정말 인간인가?"

"내가 알고 있는 인간은 저런 힘을 낼 수 없어. 신의 힘을 빌린다고 해도 인간의 몸에는 한계가 있잖나!"

수많은 인간을 봐 온 신들이 보기에도 어처구니가 없는 모습이었다.

 신들은 빠르게 그 인간에게 다가갔다.

 "……뭐야?"

 그리고 지금껏 놀란 것보다 몇 배는 더 놀라게 되었다.

 "정상적인 상태가…… 아닌데?"

 괴물 같은 모습을 보였던 그 인간은 정상적인 상태가 아니었다.

 온몸에 새카만 뭔가가 끈적하게 들러붙어 있었다. 심지어 몸속엔 수십 가닥의 쇠사슬이 도사리고 있었다.

 "저건."

 "……의식인데? 인간들이 우리를 강림시키려고 할 때, 그에 걸맞은 육체를 만들어 주기 위해 벌이는 의식이야."

 "근데 저 의식…… 인간이 버틸 만한 의식이 아니야. 저건 이미 죽었어야 돼."

 미친 인간에게 깃든 의식은 인간에게 걸 만한 의식이 아니었다.

 애초에 의식을 건 인간이 죽어 버리면 의식에 의미가 없다.

 살아 있는 상태에서 의식을 완성시켜야 하는데, 저 미친 인간의 몸에 있는 건 의식을 시작하자마자 인간을 부숴 버리는 것이었다.

"……도대체 뭔데?"

"어떻게 저 의식을 버티고 저만큼이나 성장한 거냐?"

그러나 저 미친 인간은 신들이 예상한 모든 것을 걷어차고 이 자리에 있었다.

"육체의 제약이 저리 심한 상태인데도…… 저 정도로 강하다고?"

놀라던 신들은 이제 에단의 육체 상태를 보고 감탄하기 시작했다.

"죽었어도 진작 죽었어야 할 몸뚱이에 강함을 쌓아 올렸다. 살 확률보다 죽을 확률이 더 높은 상황에서 최대한 안정을 추구하면서 저만큼이나 이룩해 내다니."

"역시 인간이란 우습게 볼 수 없는 존재들이야."

에단의 저 끔찍한 육체와 그에 반하는 미친 퍼포먼스야말로 신들이 인간을 우습게 여기지 못하는 이유였다.

저 미친 인간이 이곳에 모인 신들보다 부족한 게 무엇인가?

인간들이 저 인간을 본다면 그를 신이라고 생각할 수밖에 없다.

"경이롭군. 가히 경이로워. 가능성에 가능성을 더해 살아남은 지금 저 모습이야말로 예술 작품이 아닌가!"

"지금 감탄할 땐가?"

"그러다가 눈물이라도 흘리겠는데? 지금 그럴 때가 아

니오!"

쿠웅-!

에단이 결국 막혀 있던 길을 뚫었다.

"이런……."

저 막혀 있던 길이 뚫리면 남은 건 딱 하나뿐이다.

"……요새 앞까지 당도했다."

이제 남은 건 요새뿐이었다.

* * *

"도착했다."

마지막 방어선인 요새. 지켜보고 있던 신들은 마지막 방어선만이 남았다고 생각했지만, 에단은 이미 목적지에 도착한 거나 다름없었다.

'저 안에 성녀가 있다.'

에단이 들고 있던 두 검을 바닥에 강하게 박아 넣었다.

쑤욱-.

두 검이 정확하게 에단의 앞에 가지런히 들어갔다.

이제부턴 더 검을 휘두를 생각이 없다는 걸 보여 주는 행동이었다.

에단이 행동을 취하자 당장이라도 달려들 것만 같던 병사들이 그 자리에 멈춰 섰다.

"홀리라이트 교단의 성녀님!"

온 힘을 다해 외쳤다.

"에단 휘커스라고 합니다! 성녀님을 만나 뵈러 왔습니다!"

순간 주변이 조용해졌다.

"저는 병을 앓고 있습니다! 그 병을 치료하고자! 오랜 세월 성녀님을 찾아다녔습니다!"

여기까지 온 이상 그 어떤 미사여구도 필요 없다.

간절히 원하는 걸 말하면 된다.

성녀에겐 그 정도면 충분했다.

에단은 더 이상 말을 잇지 않았다. 이렇다 할 반응 없이 조용한 요새. 주변에선 병사들이 무기를 들고 에단을 공격할 기색이었지만 에단은 그저 가만히 있었다.

지금 필요한 건.

'침묵이다.'

턱 끝까지 병사들의 무기가 쇄도했다.

그러나 에단은 아예 팔짱을 낀 채 요새에 시선을 고정했다.

쿵-.

병사들이 더 움직이지 않았다.

그와 동시에 큰 소리와 함께 요새의 문이 열렸다.

요새의 문 안쪽에는 에단이 찾던 그 사람이 있었다.

"절 만나려고 이곳까지 오신 건가요?"

홀리라이트 교단의 성녀.

'드디어 만났다.'

"성녀님을 만나기 위해 정말 오랫동안 노력했습니다."

에단이 웃으며 말했다.

"반갑습니다, 성녀님."

구원자가 눈앞에 있다.

* * *

성녀가 두 눈을 깜빡거렸다.

"병이 있으시군요."

성녀는 새하얀 사람이었다.

마치 백색증에 걸린 것처럼 머리칼도, 눈썹도, 피부도 모두 다 하얀색이었다. 유일하게 색이 다른 건 보라색으로 빛나는 눈동자뿐이었다.

성녀는 이곳에 있는 수많은 신들보다도 더욱 더 신 같은 외모를 지니고 있었다.

하지만 아름다운 것 이전에 무척이나 성스러웠다.

"일단 들어오세요, 어서. 요새 문을 오래 열 순 없어요. 상황은 아실 거라 생각해요."

에단이 잠시 그 자리에 섰다. 그러고는 활을 꺼내 뒤로

쏘았다.

쐐애애애애액-!

화살이 정확히 뒤에 있던 사도의 병사들에게 꽂혔다.

"고맙소, 선생!"

"낭만 찾다가 죽을 뻔했거든! 그것도 파묻혀서!"

"함께 온 동료들입니다. 함께 들어가도 되겠습니까?"

뒤늦게 쇼프로브 하이어도 나타났다. 물론 그의 병사들은 전부 녹아 사라진 상태였다.

"……네. 일단 어서."

* * *

-홀리라이트 교단의 성녀와 만났습니다!

-[성스러운 만남] 업적 달성에 따라 좋아요를 얻었습니다.

-좋아요를 '30'만큼 얻었습니다.

압도적인 업적이었다.

'황제를 만났을 때보다도 더 좋아요 수가 높아.'

황제보다 만나기 힘든 상대. 게다가 일전에 클리어한 고난이도의 퀘스트들만큼이나 난이도가 높다는 뜻이었다.

하지만 결국 만났다.

'아주 길고 길었어.'

자신에게 걸린 병이 절멸증이라는 걸 알았을 때도 치료법 자체는 알고 있었다.

'성녀에게 치료를 받는 것.'

그 성녀를 이제야 만나게 된 것이다. 에단은 상당히 뿌듯했다. 아직 치료가 된 건 아니었으나 만나기 어렵다는 성녀를 만났다는 것 자체가 의미가 깊었다.

'해냈다.'

성취감을 느끼는 에단 뒤에서 쇼프로브 하이어가 중얼거렸다.

"말도 안 되는 일이야…… 진짜 성녀가 있는 요새까지 들어오는 데 성공할 줄은…… 엄청난 대군이었다고, 허참……."

쇼프로브 하이어가 고개를 절레절레 저었.

말도 안 되는 일이 현실로 벌어졌다.

그런 상황을 뒤로하고 성녀가 에단에게 다가왔다.

"에단 휘커스 님, 자세한 이야기를 해 주실 수 있을까요?"

"꽤 긴 이야기가 될 것 같습니다."

에단이 그리 대답하며 요새 안을 자세히 살폈다.

요새는 바깥에서 본 것보다는 작았다. 하지만 여기까지

들어오면서 본 마법만 해도 서른 가지 이상이었다.
 그 많은 마법들이 요새 안으로 적이 들어오는 걸 막는다.
 거기에 최종적으로 성녀에게서 느껴지는 신성한 오라.
 '교황한테도 느껴지던 거였는데. 교황과는 비교 자체가 안 되는군.'
 여신의 축복이 성녀의 온몸을 감싸고 있었다. 저 정도 축복이라면 액운이든 저주든 그 어떤 것도 그녀를 해하지 못할 것이다.
 "일단 상황부터 정리하는 게 좋을 듯합니다. 한 가지 확실한 건 제가 성녀님의 적이 아니라는 겁니다."
 "그건 알고 있었어요. 저도 에단 휘커스 님을 알고 있으니까요. 그래서 그 목소리를 들었을 때."
 성녀가 말했다.
 "그리고 침묵하셨을 때 문을 열어 드린 거예요."
 성녀는 에단 휘커스를 알고 있었다.
 그에게 병이 있다는 것도 알았다.
 "여신께선 많은 걸 알고 계시니까요."
 그가 간절하게 병을 치료하고 싶어 하는 것도 알았다.
 자신이 요새 안에 있다는 걸 안 에단이 그 간절함에도 불구하고 침묵으로 기다릴 때, 성녀는 확실하게 알았다.
 에단이 적이 아니라는 것을.

"그럼 제가 어떤 이유로 성녀님을 찾아왔는지도 알고 계시겠군요."

"네, 설마하니 여기까지 찾아오실 줄은 몰랐지만요. 지금껏 제가 머물던 곳 중 가장 깊숙하고 가장 찾기 어려운 곳이죠. 게다가 마침 가장 곤란한 상황이거든요."

성녀가 인자하게 미소 지었다.

"신성력이 인간으로 태어난다면 저렇게 생겼을 것 같군. 방금 미소 봤어, 메리?"

"미련 없이 검에서 떠날 뻔했어. 정말 아름다운데!"

로디튼과 메리가 흐뭇하게 이쪽을 쳐다보았다.

"긴 이야기 전에 잠시 요새 문 좀 열어 주시겠습니까? 제가 빠르게 해결하고 올 테니."

"아니요."

성녀가 말했다.

"이야기를 못 할 정도로 여유가 없는 건 아니에요."

성녀가 천천히 눈을 감자 이내 그녀로부터 강렬한 파동이 퍼져 나왔다.

"전장판."

에단은 곧바로 전장판을 사용했다. 아직까지 전장에 참여하고 있는 상태였기에 전장의 상황이 훤히 보였다.

'오.'

성녀의 병사들이 밀고 들어오던 1, 2사도의 병사들을

밀어내고 있었다.

에단과 로디튼, 그리고 쇼프로브 하이어와 병사들이 어느 정도 구멍을 내 놓았음에도 불구하고 진형은 빠르게 복구되었고, 전장은 다시 이전과 같은 흐름을 되찾았다.

'다시 밀어내고 있어. 이러면 다시 또 고착 상태다.'

오히려 에단의 참전이 단순히 성녀에게 안 좋게 작용하기만 한 건 아니었다.

갑작스런 에단의 참전을 보고 성녀 쪽에서 뭔가 새로운 시도를 한다고 판단한 건지, 1, 2사도의 병사들이 상당히 신중하게 움직이기 시작한 것이다.

때문에 성녀는 오히려 회복할 시간을 벌고 적 병력을 밀어붙일 수 있게 되었다.

"상황은 정리됐어요. 그럼 이야기를 부탁드릴게요."

성녀가 뒤에 있는 쇼프로브 하이어를 눈짓으로 가리키며 말했다.

"전부 다, 그리고 어디까지 알고 계시는 건지도 전부 부탁드릴게요."

* * *

"……뭐지? 누군가가 개입했다."

"신들의 개입이 아닙니다, 1사도. 뭔가 다릅니다."

"……."

1사도는 눈을 감았다.

분명 누군가가 전장에 개입했다. 하지만 신은 아니었다.

신이 개입한 거라면 자신들이 무조건적으로 알아야 했다.

이 전장의 룰이 그러했으니까.

"다른 누군가 들어온 겁니다."

"이 신들의 도시에 말인가?"

"지금껏 조용히 있던 마황일 수도 있습니다."

"……마황은 결정적인 순간에 모습을 보일 터. 아마 마황은 아닐 거다, 2사도."

"그럼…… 누가 들어온 거라고 생각하십니까?"

1사도는 혀를 찼다.

"회주와의 연결이 끊겼다. 문 마더께서 강렬한 반응이 있으셨고, 이상한 신탁을 내리셨다."

"……회주가 죽었을 수도 있다는 거군요."

"그래, 만약 회주가 죽었다면 그를 죽일 수 있는 건 딱 한 명밖에 없어."

"……."

2사도가 고개를 떨궜다.

"에단 휘커스."

"그래, 우린 잘못된 선택을 했다. 모든 걸 제쳐 둬서라도 성녀가 아닌 에단 휘커스를 최우선적으로 처리해야 했다."

1사도의 말에 2사도가 인상을 썼다.

"하지만 아직 개입한 게 에단 휘커스라고 밝혀진 게 아닙니다. 거기다 만약 에단 휘커스라고 한들 상관없지 않겠습니까? 오히려 이곳에 온 것 자체가 그의 패착입니다."

2사도의 말에 1사도가 고개를 끄덕였다.

"모든 게 잘 풀린다면 전부 다 한꺼번에 처리할 수 있을 것이다."

하지만 잘 안 풀리게 된다면…….

1, 2사도는 굳이 실패를 떠올리지 않았다.

회주가 죽었다고 판단이 되는 지금, 이 일을 실패하면 모든 게 끝장이었다.

더 이상 돌아갈 길은 없다.

남은 건 오로지 전진뿐이었다.

* * *

에단은 차근차근 설명했다.

찾아온 이유는 이미 알고 있으니 제외하고, 지금 그녀

가 하려는 일, 그리고 1, 2사도의 목적.

문 마더와 문포스.

복잡한 이야기였지만 배경 지식이 있는 성녀는 금세 이해했다.

"거의 다 알고 계셨군요."

"네, 상황을 파악해야 했으니까요."

"우선 정말 고생하셨다는 말씀부터 드리고 싶어요. 에단 휘커스 님은 홀로 많은 걸 짊어지고 계셨군요. 악독한 병을 가지고 있음에도 운명을 거슬러 악을 멸하고 선을 행하셨어요."

성녀가 말했다.

에단은 감사하다는 듯이 꾸벅 고개를 숙였다.

그러고는 물었다.

"성녀님께 제 병을 치료해 달라 부탁하기 위해서 왔습니다. 성녀님, 제 안의 절멸증, 치료가 가능합니까?"

에단 휘커스로 살아남기.

가장 핵심적인 질문이었다.

에단의 질문에 성녀가 잠시 생각하는 듯 눈을 감았다.

그리곤 눈을 떴다.

보라색 눈동자가 순간 에단을 향했다.

"네, 가능합니다."

* * *

성녀의 대답에 가장 좋아한 건 에단이 아니었다.

"이게…… 낭만이지."

"다른 게 낭만이 아니야……!"

"이 맛에 남 돕는 거 아니겠어?

로디튼과 메리는 상당히 흐뭇해하며 웃었다.

사실 성녀가 이끄는 대군에게 뛰어들 때만 해도 이번 일은 쉽지 않겠다고 생각했건만.

결국 그 대군을 뚫고 에단이 성녀와 만날 수 있게 도와줬으니, 기분이 상당히 좋았다.

특히 에단은 앞서 영웅의 탑을 클리어한 로디튼 다음으로 영웅의 탑을 클리어한 후배가 아닌가.

"선배 노릇 좀 했어."

"오! 멋있는 선배!"

하지만 에단은 치료가 가능하다는 성녀의 말에도 상당히 침착했다.

그는 표정의 변화 없이 다시 물었다.

"바로 치료가 가능한 겁니까?"

"에단 님도 이미 알고 계실 거라고 생각해요. 에단 님의 절멸증은 지금껏 제가 치료해 왔던 다른 절멸증과는 궤를 달리하는 거라는 걸요."

"예, 알고 있습니다. 이 절멸증은 성녀님께서 치료해 오신 병의 원본입니다."

"그렇기에 제가 지금까지 해 왔던 방법으로는 바로 치료하기가 힘듭니다. 하지만…… 그렇다고 불가능한 건 아니에요."

성녀는 에단을 보자마자 깨달은 게 있었다.

"이 무결신체를 봐 주세요."

성녀가 꺼낸 건 인간의 형태를 한 새카만 덩어리였다.

인간과 똑같은 형태지만 얼굴이 없어, 흡사 새카만 인형 같았다.

"이게 무결신체라고……?"

"전혀 무결해 보이지 않는데? 오히려 기괴해."

메리의 말처럼 확실히 기괴한 부분이 있었다.

하지만 절멸증에 걸린 에단은 무결신체에게서 확실히 무언가를 느꼈다.

"신이 강림하기 좋은 육체군요."

이미 쇼프로브 하이어에게 이야기를 들어 알고 있었지만, 실물로 보니 그 느낌이 확실히 더 와닿았다.

"보시는 것처럼 이 무결신체는 완벽하게 만들어진 육체예요. 그 어떤 존재든 힘의 손실 없이 인간계에 강림할 수 있게 해 주죠. 그리고 이게 바로 절멸증의 원본을 치료할 수 있는 방법입니다."

그 말과 함께 성녀가 에단을 쳐다보았다.

"이 무결신체가 되시면 됩니다."

"……그럼."

"네, 원천적으로는 치료가 아니에요. 의식을 성공시키는 거죠."

성녀가 그렇게 말하며 고개를 갸웃거렸다.

"아니, 조금 다르네요. 조금 의식을 비틀어서…… 네, 신체를 완성시킨다고 보면 되겠어요."

신체의 완성.

에단도 그 말을 곧장 이해하기는 힘들었다.

"그러니까, 제 몸을 무결신체처럼 만들어서 치료하신다는 뜻이군요."

"네, 맞아요."

"그 방법은 저도 생각한 적이 있었습니다만, 그 전에 제 육체가 버티지 못하고 소멸할 겁니다."

"그래서 절 찾아오신 것 아닌가요?"

성녀가 말했다.

"제가 대신 버텨 드릴 수 있어요. 절멸증이 에단 님을 소멸시키지 못하게요. 다른 절멸증도 전부 다 그렇게 치료했으니까요. 물론 쉽지는 않을 거예요. 아주 어렵겠죠. 제 목숨이 다할 수도 있을 거예요. 하지만……."

"치료할 수 있으신 거군요."

"네."

그제야 에단이 씩 미소 지었다.

"이제야 웃으시네요. 걱정 마세요. 오랫동안 절 찾아다니셨다고 하셨으니, 제가 책임지고 치료해 드릴게요."

* * *

성녀는 요새를 뒤져 여러 가지 재료들을 꺼냈다.

그러고는 바닥에 마법진을 그렸다.

"우선 마법진부터 그려 놓아야겠군요. 하지만 가장 중요한 재료가 필요해요. 그 재료를 얻으려면……."

샤아악-.

성녀가 말을 채 끝내기도 전에 무언가가 요새 안으로 쏙 들어왔다.

"하얀 빛을 믿는 인간이여!"

성녀를 돕는 신들이었다.

그들은 차례로 요새로 들어오더니 에단을 보고 한껏 인상을 썼다.

이 요새는 마지막 보루.

에단이 파죽지세로 대군을 뚫고 왔다곤 하지만 성녀가 있는 요새는 뚫지 못할 거라고 생각했다.

그런데 어째선지 성녀가 그냥 요새의 문을 열어 주었

고, 에단은 그대로 요새 안으로 들어올 수 있었다.

혹여나 정신 계열 마법에 걸렸을 수도 있었기에, 신들은 성녀를 걱정해 최대한 빠르게 요새로 돌아왔다.

그런데 상황이 이상했다. 싸우고 있기는커녕 서로 사이가 좋아 보였다.

"이게 무슨 상황이지?"

성녀가 입을 열기 전에 에단이 쇼프로브 하이어에게 눈짓했다.

"에단 휘커스는 성녀의 적이 아니다. 내 파트너고, 그저 성녀를 만나러 왔을 뿐이다."

"……네 파트너?"

"적이 아니라고? 그냥 만나러 온 거라고? 그런데 왜 성녀의 병사들을 공격했지?"

"다들 알고 있을 텐데? 에단 휘커스의 몸엔 의식이 있다. 그 의식을 없앨 수 있는 게 바로 이쪽의 성녀고. 내 파트너는 성녀에게 치료를 부탁하러 온 것이다. 대군을 뚫고 온 건 그만큼 치료를 받는 게 급해서지."

"……뭐?"

"뭐라고?"

신들이 어이없다는 듯이 쇼프로브 하이어를 보았다.

"치료를 받겠다고 저 대군을 뚫고 온 거라고?"

"……그래."

쇼프로브 하이어가 어깨를 으쓱였다.

"나도 어처구니가 없으니까 더 묻지 마라."

아무리 쇼프로브 하이어가 약한 신이라고는 하지만 에단이 보고 있으니 눈치 볼 것 없이 할 말을 다 했다.

그러나 신들은 이 상황에 상당히 분노했다.

"에단 휘커스라 불리는 인간이여!"

"지금 너는 가장 중요한 기로에 선 우리 유희를 방해하고 있다."

"그 치료는 이 유희가 모두 끝나면 해라."

"우리의 말에 따르지 않겠다면."

"강제로 내쳐 버리는 수밖에. 이곳은 우리들의 도시다."

성녀가 손을 들어 신들을 제지하려고 했다. 하지만 그것보다 더 빨리.

"망할 헛소리만 지껄이는 구나."

에단이 검을 들었다.

"내게 가장 중요한 순간이다."

드디어 성녀를 만났다.

그리고 성녀는 치료가 가능하다고 했다.

"유희는 이걸로 끝이다. 신 따위가 어딜 건방지게 인간이 살아남겠다는 데 방해를 하느냐?"

"……뭐?"

"지금 무어라……!"

"……!"

신들의 눈이 커졌다.

"너희야말로 내 치료가 다 끝난 뒤에나 알아서 놀아라."

에단의 검 끝에 펜리르의 힘이 깃들었다.

-펜리르의 이빨이 더욱 더 날카롭게 깃듭니다!

지금까지 에단의 마음엔 안개가 끼어 있었다.

에단은 성녀를 만나기 직전까지도 이 절멸증을 치료할 수 있을 거라 확신하지 못하고 있었다.

무려 절멸증의 원본이기 때문이다.

하지만 확실한 방법을 찾은 지금, 에단의 마음 속 일말의 두려움이 사라졌다. 마음 속 한구석에 자리 잡고 있던 안개가 깔끔하게 걷힌 것이다.

"에단 님……?"

성녀가 살짝 떨리는 목소리로 말했다.

다들 성녀가 에단을 말릴 거라고 생각했다. 지금 성녀의 병사들은 신들이 내려 준 힘.

"죽이지만 마세요."

"……!"

"와하하하하핫-!"

로디튼이 놀라고 메리가 경쾌하게 웃었다.

쇼프로브 하이어는 놀라지 않았다.

애초부터 인간인 성녀가 신들의 힘을 받을 수 있었던 건 신들의 유희에 필요한 인간이기 때문이 아니었다.

신들 스스로 그녀의 힘과 능력에 반해 유희를 벌이고 무결신체를 찾아 준 것이다.

"살려만 두겠습니다."

에단이 턱을 치켜들곤 신들을 내려다보았다.

* * *

"……."
"……."

에단의 앞에 신들이 나란히 서 있었다.

처음 쇼프로브 하이어가 자신감 넘치게 에단 일행을 덮쳤다가 호되게 당했던 것처럼, 이들 또한 아무런 말도 하지 못하고 그냥 서 있었다.

"시선, 바닥."

"……바닥을 보고 있었다."

"다?"

"……있었소!"

뒤에 있던 쇼프로브 하이어가 자신도 모르게 웃고 말았다.

이 신들의 도시에서 제법 강한 신들이 저런 굴욕을 겪고 있다니.

불과 얼마 전까지만 해도 자신 역시 같은 굴욕을 겪었건만. 쇼프로브 하이어는 그 사실을 잊은 채 이 순간을 즐겼다.

"근데 문득 궁금해지는데, 저 엄청난 족쇄를 달고 있는 에단 선생이 족쇄를 풀어 버리면 어떻게 될까?"

"……그러게? 지금도 미친 듯이 강한데, 저게 풀리면 얼마나 더 강해져? 로디튼, 잠깐만 선생하고 다녀도 돼? 다 나은 선생하고 말이야. 아니, 왜 눈을 그렇게 떠? 딱 1년만 모험할게!"

"사람이 의리를 버리고 자극적인 것만 쫓아선 안 되는 거야."

"난 검인데?"

사실 에단도 궁금했다.

'지금도 감당하기 어려울 만큼 강해.'

사도들이 경쟁이라도 하듯 문포스 교단의 뜻을 전파하고 있는 상황이다. 지금 이 순간에도 신도는 계속 늘어나고 있을 터.

'메판에 한창 빠져 스펙 업에 몰두하던 그때보다 더 강

한 것 같은데.'

이 상황에서 절멸증이 치료된다면?

'확실하게 삼신급은 될 테고, 삼신 둘 정도는 동시에 상대할 수도 있을 것 같군.'

어디까지나 예상이지만, 충분히 그렇게 할 수 있을 듯했다.

'절멸증이 치료되면 사실상 대륙에서 가장 강해질 수도 있겠지.'

일대일로 붙는다면 대륙의 그 누구에게도 지지 않을 스펙이 될 것이다.

물론 에단은 당장 확실하게 살아남는 것만 생각했다.

'죽지 않는다는 건 좋은 일이니까.'

"우, 우리를 이렇게 만들어 두면 암흑 사도와 그 신들이 활개를 칠 거요! 그렇게 되면 이 요새까지 진격해 오는 건 시간문제!"

"치료는 언제든지 뒤로 미뤄 둘 수 있는 것 아니오?"

신들이 다시 헛소리를 내뱉자 에단이 검을 강하게 쥐었다.

"아니, 조금, 아주 조금만 미뤄 달라는 건데…… 지금 상황이 상황이오. 저 무결신체를 암흑 사도들에게 넘겨주면 안 되는 것 아니오?"

"우선 그건 놓고 이야기합시다, 응?"

신들은 에단의 검에서 뿜어져 나오는 무시무시한 오라에 잔뜩 긴장한 상태였다.

"그건 걱정할 필요 없다."

에단이 말했다.

콰강-! 콰가각-!

요새 바깥에서 굉음이 일었다. 신들의 예상대로 암흑사도 쪽에서 다시금 고삐를 당겨 공격해 오고 있었다.

"치료 방법은 확실히 알았으니, 이 싸움을 더 지속할 필요가 없거든."

이 전쟁 때문에 치료하기가 까다롭다면 전쟁을 끝내 버리면 되는 것이다.

"끝내고 오지."

6장

6장

  치료에 필요한 것들은 성녀가 다 준비할 수 있지만 딱 하나 에단이 직접 준비해야 할 게 있었다.

  "강대한 에너지가 필요해요. 강대한 에너지를 단숨에 몸에 주입해서 에단 님의 절멸증을 속일 겁니다. 의식이 진행되어 몸이 변하고 있다고 믿게 만들 거예요. 그렇게 의식을 완성시키는 게 제 계획입니다."

  의식이 완성에 가까워지면 에단의 몸은 내부부터 파괴된다. 그 때문에 에단은 절멸증이 더 진행되지 않게 막아둔 상태였다.

  '강대한 에너지를 통해 의식의 진행 과정을 거의 생략하는 거군.'

  강대한 에너지를 주입시켜 절멸증으로 하여금 의식이

이미 완성됐다고 느끼게 속이는 것이다.

그리고 마지막에 이르러 그 강대한 에너지가 주는 피해를 성녀가 나눠서 받는다.

"강대한 에너지라고 하면, 얼마나 큰 에너지여야 합니까?"

"세계를 멸망시킬 수 있을 만큼의 에너지가 필요해요. 원래라면 구하기가 힘들겠죠. 시간도 꽤 걸릴 테고. 하지만 여기선 가능해요. 여기선 계속해서 막대한 양의 에너지가 소모되고 있으니까요. 그 에너지를 모으시면 돼요."

이곳은 신들의 도시.

병사들을 처리하면 신들이 나눠 준 마나가 흘러나온다. 그 마나를 통해 강대한 에너지를 충당하자는 이야기였다.

"에너지를 모으는 방법은 아주 간단해요. 절멸증을 풀어두시는 거예요. 그러면 절멸증이 알아서 에너지를 흡수해 줄 테니까요."

"이해했습니다."

지금까지 에단은 절멸증을 제약해 두기만 했다.

그도 그럴 것이 절멸증이 제대로 움직이면 에단이라도 그 진행을 막을 수가 없었다.

그러니 절멸증이 날뛰기 전에 제압해 잠들게 만들어 둬야만 했다.

몸의 통제권은 언제나 에단이 쥐고 있어야 했기에, 절멸증을 풀어 둔 적은 지금까지 단 한번도 없었다.

그러나 성녀는 그 절멸증을 풀어 두어야 한다 했다.

"저 병사들이 죽을 때 마나가 흘러나와요. 마나라기보다는 신들이 내린 힘의 일부죠."

"맞소, 메리가 포식을 했지."

"나, 지금 몸속에 에너지가 너무 많아."

메리는 피 대신 에너지를 흡수한 덕에 성녀의 대군을 뚫는 와중에도 전혀 힘이 떨어지지 않았다.

덕분에 로디튼도 큰 기술들을 계속해서 써 가며 에단의 뒤를 따를 수 있었다.

"쉬운 일은 아니에요. 절멸증을 개방한 상태로 사도 쪽 병사들을 상대해야 하는데, 그 속도가 빨라야 해요. 아무리 길어도 5분을 넘기면 안 됩니다. 5분 안에 필요한 에너지를 전부 흡수하셔야 해요."

"5분, 알겠습니다. 5분 안에 전부 끝내고 돌아오겠습니다."

5분. 너무나도 짧은 시간이다.

'그래도 나한텐 방법이 있다는 것 자체가 희망적이야.'

요새 바깥으로 나가기 전.

에단이 입을 열었다.

"1, 2사도의 계획을 막을 생각은 어떻게 하셨습니까?

"쉬운 선택은 아니었을 텐데."

"누군가는 해야 할 일이니까요. 제가 먼저 알게 되어 했을 뿐이에요."

성녀의 대답에 에단이 되물었다.

"실패하면 죽을 수도 있는 일인데도 말입니까?"

"저는 제가 실패할 거란 생각은 하지 않아요. 그저 꼭 성공해야 한다고만 생각할 뿐이죠."

그 말에 에단이 미소 지었다.

'성녀답군.'

자기희생적인 게 아니다.

그저 해야 할 일이었기에 자신이 앞서 한 것이며, 그렇게 결정한 일은 꼭 성공한다고 믿는다.

"그럼 저도 제가 해야 할 일을 하고 오겠습니다."

"치료 준비와 이 도시에서 나갈 준비. 두 가지를 함께 하고 있을게요."

* * *

"후우우우."

지금부터가 사실상 치료의 시작이라고 볼 수 있었다.

"치료하러 오는 것도 어려웠는데 말이야."

치료는 그보다 더 어렵다.

하지만 에단은 자신이 있었다.

'마음가짐이 비슷하군.'

성녀의 마음가짐과 에단의 마음가짐은 상당히 비슷한 부분이 많았다.

"누가 실패부터 생각하겠어."

불가능한 일이 있다면 실패를 생각하고 지레 포기하는 것이 아니라 성공할 방도를 찾는다.

에단은 저 지평선 너머까지 꽉 들이찬 1, 2사도의 병사들을 보았다.

성녀의 병사들은 그 병사들과 계속해서 싸우고 있었다.

수만과 수만의 싸움.

저런 대규모 병력의 싸움에서 일개 병사는 부각되지 않는다.

"장군이 되어야겠지."

앞으로 나아가면 1, 2사도는 에단이 이 신들의 도시에 왔다는 걸 알게 될 것이다.

'어쩌면 이미 눈치챘을 수도 있고. 문 마더가 말해 줬을지도 모르지. 회주가 죽었다는 걸.'

만약 회주가 죽었다면 그 범인은 딱 한 명밖에 없다.

3사도를 보냈음에도 역으로 그 3사도를 죽이고 살아남은 자.

"나밖에 없지. 그럼 대충 예상은 하고 있을 거야."

이제 이들에게 있어서 희망은 무결신체를 얻고 그것으로 문 마더를 강림시키는 것뿐이다.

더 이상 물러설 곳은 없다.

"나도 이제 물러설 곳이 없거든."

물러날 곳이 서로 없기에, 서로가 있는 공간을 차지해야 살아남을 수 있었다.

"가 보자."

에단이 눈을 감았다.

이제부터는 단 한번도 경험해 본 적 없는 일을 해야 했다.

몸속의 절멸증을 찾았다. 절멸증은 에단의 몸속에서 단단히 구속되어 있었다.

에단은 그 구속을 풀었다.

그러고는 가만히 있었다.

순간 절멸증이 꿈틀거리더니 순식간에 온몸으로 퍼지기 시작했다.

"끅."

순간 신음이 새어 나왔지만 에단은 한번 몸을 떨고 강하게 땅을 밟았다.

"마음대로 날뛰어라. 네가 원래 해야 할 일을 하는 거야, 절멸증."

에단이 말했다.
"딱 5분만 주마."

* * *

"암흑의 사도들이여."
"상황은 이미 크게 기울었다."
"중요한 건 강력한 한 방이다. 집중하도록. 한없이 집중하도록! 너희가 믿는 신을 되살리기 위해 온 것 아니냐."

1, 2사도 쪽에 선 신들이 킥킥 웃으며 그들을 자극했다.

"……천박하긴."
2사도는 한껏 인상을 쓰며 중얼거렸다.
1사도는 그런 2사도를 말렸다.
이 전쟁에서 승리하려면 어찌 됐든 저 신들의 힘이 필요했다.

신들을 처리하는 건 그 이후여도 상관없다.
"우리에겐 무결신체가 꼭 필요하다."
"알겠습니다, 1사도."
1, 2사도는 전장에 집중했다.
꽤 오랜 시간 전쟁을 지속해 왔음에도 둘은 피곤한 기

색이 없었다.

반면에 성녀 쪽은 점점 상태가 나빠지고 있었다. 신들이 1, 2사도 쪽으로 꽤 많이 넘어왔다는 이유도 있었지만, 무엇보다 전쟁이 장기화되면서 집중력이 떨어졌기 때문이다.

숭숭 나는 구멍들.

그 구멍에 병사들을 집중 투입하여 진형을 와해시킨다.

한쪽이 무너지면 다른 쪽도 영향을 크게 받기에, 두 사도는 그 쪽을 집중적으로 노렸다.

성녀는 한 명이고 이쪽은 두 명이다. 전장을 보는 눈, 그리고 집중력. 시간이 갈수록 그 모든 것이 차이가 날 수밖에 없다.

"오호."

"확실히 전장이 익숙해지긴 했나 보군."

"내 능력을 가지고도 이렇게밖에 못하면 언제든 저쪽으로 넘어갈 거라고!"

"그래도 짙은 냉기의 신이 사도는 꽤 잘 정했군."

신들이 한껏 즐거워했다.

1, 2사도의 병력이 앞으로 쇄도하며 성녀의 병력을 쭉 밀어냈다.

"오!"

"오, 여기까지 밀어낸 건 처음 아닌가?"

"저 요새까지 이제 한 걸음이군. 딱 한 걸음만 가면 끝이야."

"집중하라고!"

신들의 훈수에도 1, 2사도는 침착했다. 그들의 말이 더 이상 들리지 않을 정도로 집중하고 있었기 때문이다.

그러나 그때.

콰드득-.

1, 2사도 쪽 병력의 대각 부분에서 문제가 생겼다.

콰앙-!

굉음과 함께 그곳이 터져 나가고 냉기가 퍼져 나갔다.

냉기를 보자마자 2사도가 눈을 부릅떴다.

마치 지휘하듯 펼치고 있던 손에 힘이 들어갔다.

"에단 휘커스."

문 마더의 힘과 한없이 닮았음에도 더없이 이질적인.

문포스 특유의 냉기가 퍼져 나가고 있었다.

"결국 이리 됐군."

1사도가 말했다. 처음부터 끝까지. 에단과 관련된 모든 것들은 전부 다 최악의 방향으로 흘러갔다.

아니라고 생각했던 것들은 모두 맞았으니, 미뤄 둬도 된다 생각했던 일들은 절대 미뤄서는 안 되는 일이었다.

그가 결국 자신들 앞에 나타나서야 두 사도는 깨달았다.

그를 진작 죽였어야 했다고.

"문포스의 힘을 저렇게…… 사용할 수 있을 리가 없는데."

"분명 문포스과 관련된 모든 것들을 없애지 않았습니까? 그 흔적조차 남기지 않고 전부 다 없애 버렸을 텐데……!"

2사도가 이를 갈았다.

문 마더에게서 떨어져 나간 문포스는 꽤 오랜 세월 자기 나름대로의 영역을 구축해 나갔다.

그리고 그녀가 영역을 구축한 만큼 문 마더의 힘이 줄어들었다.

그랬기 때문에 두 사도는 대륙에 존재하는 모든 문포스의 흔적을 지웠다.

분명 다 지웠다고 생각했건만.

"저 정도로 힘을 사용한다는 건…… 에단 휘커스로 문포스의 교단을 어느 정도 되살렸다는 뜻이겠군."

"이 짧은 시간에 말입니까."

당장 1, 2사도가 마도 제국으로 넘어온 건 얼마 전의 일로, 마도 제국에 체류한 건 상당히 짧은 시간이었다.

직전까지 있었던 신성 제국에 문포스의 교단 같은 건 없었다.

신전도 없었고 신도도 없었다.

"판단 미스다. 받아들이는 수밖에 없다."

1사도는 빠르게 상황을 판단했다.

"……에단 휘커스가 단순히 저희를 죽이겠다고 여기까지 온 건 아닐 테지요."

"두 가지 이유가 있겠지. 하나는 우리일 테고, 나머지 하나는 성녀일 것이다."

"치료군요."

"그렇다는 건 아직 우리에게 기회가 있다는 뜻이다."

마지막 기회였다.

지금까지의 실책을 단숨에 뒤집을 수 있는 기회.

"직접 나간다."

여기서 병사들을 움직여 대신 싸우게 할 때가 아니었다.

"지금 뭐 하나!"

"너흰 대장 말이다! 대장 말이 나가서 당하면 전쟁은 끝이라는 걸 모르나?"

1, 2사도가 요새 밖으로 나가려고 하자 신들이 소리쳤다.

1사도는 신들을 무감정한 눈으로 보았다.

"여기에 가만히 있는 건 천천히 내 목을 죄는 행위다. 느긋한 자살이라는 말이지. 나는 아직 난 죽고 싶은 마음이 없다. 해야 할 일이 많다."

"멍청한 작자들, 전장을 보는 눈이 그렇게 없나?"
"뭣?"
"여기서 기다리고만 있으면 모든 게 끝난단 말이다!"
신들을 뒤로하고 두 사도가 빠르게 요새 밖으로 나왔다.

* * *

"날 보자마자 뛰쳐나올 게 분명해. 그 둘이라면 알 거야. 나를 보자마자 다 깨닫겠지. 상황이 어떻게 돌아가는지."

누가 회주를 죽였는지도.

직접 나서서 자신을 막지 않으면 이 전쟁이 끝난다는 것도.

아직 병사들이 남아 있을 때 직접 나서서 에단을 처리해야 한다는 것도 말이다.

때문에 에단은 1, 2사도가 도착하기 전에 물러날 생각이었다. 에단에게 주어진 시간은 딱 5분. 그 5분간 필요한 에너지를 얻어 요새로 돌아갈 예정이었다.

'둘을 상대하는 건 그 다음.'

절멸증을 치료한 상태에서 싸울 생각이었다.

"끅."

그러나 고통이 상당했다.

거기다 절멸증이 빠르게 진행되어 몸의 밸런스를 크게 무너뜨렸다.

하지만 처리한 병사들로부터 들어오는 마나가 몸을 강화시켜 주고 있었다.

'절멸증 의식 자체는 신체를 극도로 강화시키는 일이니까.'

강화와 회복.

그 사이에는 엄청난 고통이 있다.

에단은 이를 꽉 깨물었다.

이에 금이 갈 정도였지만 이렇게 하지 않으면 고통을 참아 내기가 어려웠다.

에단은 고통스러운 와중에도 검을 휘둘렀다.

한번 휘두를 때마다 주변이 냉기로 가득 찼다. 얼어붙은 땅 위에서 에단은 계속해서 검을 휘둘렀다.

에단의 몸으로 막대한 에너지가 계속해서 들어왔다.

단숨에 수많은 병사들을 죽이다 보니 들어오는 양이 상당했다. 본래라면 버티지 못할 정도로 많은 양이었으나 절멸증은 그 에너지를 꾸역꾸역 삼켰다.

'고통이 엄청나지만 고양감도 엄청나.'

서로 상반된 느낌이 휘몰아쳐, 에단은 그야말로 엄청난 혼란을 겪고 있었다. 아득해지는 고통에 정신을 잃을 수도 있었으나 에단은 그럴 때마다 호흡을 했다.

불멸 - 영웅의 호흡.

거기에 더해 빠르게 침을 꽂아 고통을 완화시켰다.

'정신만 안 잃으면 된다.'

콰앙-! 콰악-!

절멸증을 개방해 시시각각 그 의식이 진행된다. 그 상태에 놓인 에단은 요새 안에서 지켜보는 성녀가 당황할 만큼 강했다.

"……저 정도란 말이죠."

저 힘이 바로 그녀가 함께 짊어져 줘야 할 힘이었다.

"후우우."

하지만 그건 나중의 일. 저 압도적인 힘이 1, 2사도의 병사들을 한껏 밀어내고 있었다.

그 힘이 어찌나 대단한지, 적 병력을 오랫동안 되찾지 못했던 탈출구인 신의 언덕까지 밀어낸 상태였다.

이대로 가면 승리는 확정적이었다.

"그런데 말이오, 성녀님."

"죄송한 말씀이지만 로디튼 님, 제가 이런 상황이라 답변을 드리기가 상당히 까다롭습니다."

푸욱-.

"내가 분명 의뢰를 맡겼거늘. 결국 내 손으로 처리했으니. 빚은 그대로 남겠군."

"이, 이게 무슨……!"

당황한 로디튼이 곧바로 메리를 들었다.

"꿈은 잘 꿨나, 성녀?"

마황이 도래했다.

* * *

움찔.

한창 1, 2사도들의 병사를 처리하던 에단은 문득 위화감을 느꼈다.

함께 움직이던 성녀의 병사들이 갑자기 움찔거리더니 그대로 행동을 멈췄기 때문이었다.

"뭐지?"

지금 성녀는 에단의 절멸증을 치료할 준비를 하고 있다.

그 준비 때문에 병사들을 컨트롤하는 데도 영향이 갈 터.

'어려운 병이니까.'

성녀 또한 절멸증의 원본은 경험해 본 적이 없을 테니, 당연히 준비하는 데 애로 사항이 있을 수 있었다.

에단은 계속해서 검을 휘둘렀다.

그럴 때마다 강대한 에너지들이 계속해서 쌓여 갔다.

"거의 다 됐다."

에너지가 성녀가 요구한 만큼 쌓이고 있었다.

'강대한 신들의 힘이 직접적으로 쌓이니까 장난 아닌데.'

신들의 도시에 있는 수많은 신들이 나눠 준 힘이 에단의 몸속에 한데 어우러지고 있는 것이다.

단순히 마나를 흡수하는 것처럼 보이지만 마나 같은 게 아니다.

'신의 일부.'

이것들이 모이면 성녀의 말처럼 세계를 멸망시킬 수도 있는 힘이 되는 것이다.

물론 이렇게까지 모으면 한계가 온다.

'절멸충이 다 삼키고 있어.'

신들의 힘까지 삼키다니, 새삼 절멸충의 위험성을 재확인할 수 있었다.

'정말 무시무시한 놈이야.'

신들의 힘을 한계 없이 무한정 흡수할 수 있을 줄은 몰랐다.

'이제 마지막으로 한 번만 더 휘두르고 복귀한다.'

슬슬 1, 2사도가 올 타이밍이 되었다. 그들과 조우하지 않으려면 이 타이밍에 돌아가야 했다.

그러나.

슈우욱-.

"……뭐지?"

에단의 뒤에서 멈춰 있던 성녀의 병사들에게 이상이 생겼다.

"성녀의 병사들이……."

가루가 되어 사라지기 시작한 것이다.

"뭐야…… 지금 무슨 일이 벌어지고 있는 거지?"

혹시 신의 언덕을 되찾아서 전쟁이 이긴 걸로 판정이 난 건가?

아니, 그 전에 1, 2사도가 대장이니 그들을 죽여야 전쟁이 끝날 텐데?

'뭔가 일이 이상하게 돌아가고 있다.'

병사가 사라졌다는 건 성녀에게 무슨 일이 생겼다는 뜻이었다.

에단은 몸을 돌려 전력을 다해 요새 쪽으로 뛰었다.

샤아아악-.

하지만 그것도 잠시. 에단은 눈앞에 실처럼 펼쳐진 방어막에 발을 멈출 수밖에 없었다.

"놀란 것 같군, 에단 휘커스."

앞에서 들려오는 목소리에 에단이 혀를 찼다.

지금 조우하면 안 되는 이들과 만나고 말았다.

앞에 있는 건 1사도였다. 그리고 뒤에는 어느새 2사도가 나타났다.

1사도와 2사도가 에단의 앞뒤를 막은 모양새였다.

그와 동시에 두 사도의 병사들이 동그랗게 원을 그렸다.

완벽한 포위였다.

"뭘 하나 했더니. 이거, 결정적일 때 제대로 했군."

2사도가 씩 웃으며 턱을 치켜들었다.

"이렇게 만나는 건 처음이지, 에단 휘커스? 절멸증을 치료하려고 왔나? 하지만 모든 게 늦었어."

"지금까지의 빚, 모두 다 갚아 줘야겠다."

1사도와 2사도가 동시에 손을 뻗었다.

에단에게 시간을 주지 않으려는 듯했다.

샤아아아악-!

두 사도의 손에서 강렬한 파동이 쏟아져 나왔다.

다른 사도들과 달리 이들의 힘은 상당히 심플했다.

콰아아아아악-!

두 사도가 뿜어내는 이 힘은 모든 것을 소멸시킨다.

에단의 자동 방어 수단인 흙벽이 작동했다.

그러나 흙벽은 순식간에 사라졌다. 에단은 이어 축전을 이용하여 한차례 더 방어하려 했다.

콰앙-!

축전도 그대로 사라졌으며.

-만인지적이 피해를 흡수합니다!

 두 사도의 공격에 만인지적까지 사라졌다. 한순간에 세 개의 방어 기술이 깨져 버린 것이다.
 '강렬하군.'
 만인지적까지 사라진 건 꽤 아쉬웠으나, 이걸로 그들이 강함을 대강 파악할 수 있었다.
 '회주와는 다른 스타일이지만 상당히 강하군. 그래도 평범하게 마주했다면 확실히 잡을 수 있었겠어.'
 하지만 지금 에단은 시간 제약이 있는 상황이었다.
 게다가 신들의 에너지를 상당히 흡수한 상태라 몸도 둔했다.
 '약점을 안고 싸우는 건 익숙해.'
 에단이 상처 없이 첫 공격을 막아 내자 1, 2사도가 곧바로 다음 공격을 준비했다.
 에단은 3사도를 죽이고 회주까지도 죽였다.
 쉽지 않으리라는 건 두 사도도 예상하고 있었다.
 그렇기에 반드시 이 자리에서 처리해야 했다.
 "문 마더시여."
 "문 마더시여."
 둘은 신을 찾았다.
 그러자 그들의 머리 위로 축복이 내렸다.

방금 쏘아 낸 파동포보다 훨씬 더 강력한 힘이 둘의 몸에 깃들었다.

"……."

에단이 두 사도를 보았다.

싸움에 집중해야 했지만 제대로 싸움에 집중할 수가 없었다.

'내가 지금 놓치고 있는 게 있다.'

에단은 한껏 인상을 썼다.

1, 2사도와 조우하게 된 것도 문제지만 당장 지금은 성녀 쪽이 더 큰 문제였다.

주연이 모두 무대에 모였다.

그런데 슬쩍 끼어든 불청객 하나가 모습을 드러내지 않고 있는 중이었다.

에단은 성녀에게 문제가 생긴 게 그 불청객 때문이 아닐까 생각했다.

'로디튼을 보냈으니 직접 올 거라곤 생각하지 않았는데. 만약 지금 일이 잘못되어 가고 있다면 분명 그 불청객의 짓이다.'

마황이 이 신들의 도시에 왔다.

그리고 그 마황이 요새에 있는 성녀를 위협하고 있다.

당장 예상되는 건 이것밖에 없었다.

그게 아니고서야 수만에 달하는 성녀의 병사들이 일시

에 사라질 리가 없다.

"일이 너무 꼬였군."

에단이 한껏 인상을 썼다.

머리가 복잡했다.

만약 지금 상황이 자신이 예상한 대로 흘러가고 있다면 당장이라도 요새로 돌아가야 했다.

'성녀의 목숨이 위험하다.'

마황의 습격.

삼신 중 하나인 마황이다. 로디튼과 신들이 요새에 있지만 한계가 있다.

'지금 이 신들의 도시에 있는 건 모두 다 내가 예상할 수 없는 것들뿐이다. 하지만 도리어 생각해 보면.'

수없이 많은 예측과 예상. 그것들에 기대어 살던 이들에게 에단은 예상도, 예측도 할 수 없는 혼란 그 자체였다.

'입장은 똑같아.'

어떻게 보면 에단이 더 유리하다고도 볼 수 있었다.

'내가 어떤 힘을 가졌는지, 얼마나 강한지.'

그리고 어떤 걸 품고 있는지.

그들은 아무것도 모르니 말이다.

서리검과 천뢰검을 동시에 든 에단은 계획을 바꿨다.

'아직 시간은 남아 있어.'

제한 시간은 5분이다.

필요한 에너지를 쌓는 데 2분밖에 쓰지 않았으니, 아직 2, 3분 정도는 시간이 남아 있었다.

"긴 시간은 필요 없겠지."

제한된 시간 내에 1, 2사도를 처리하고 성녀에게 가리라.

쐐액-!

두 사도가 다시금 파동포를 쏘아 냈다.

문 마더의 축복이 깃든 최대 위력의 파동포였다.

지금껏 이 공격을 막아 낸 자는 단 한 명도 없었다.

"소멸되어라."

에단은 그 파동포에 대항해 검술을 펼쳤다.

에단 검술 제4식
신뢰만년서리

새파랗게 퍼지는 냉기에 새하얀 번개가 더해졌다.

작정하고 펼친 에단의 검술에 최대 위력의 파동포가 그대로 반으로 갈라졌다.

그러고도 에단의 검은 멈추지 않았다. 아직도 여력이 한참 남았다는 듯, 기세가 꺾이지 않은 채로 두 사도를 그대로 베어 냈다.

"!"

1, 2사도는 식겁하며 크게 뒤로 물러났으나 완벽하게 피해 내진 못했다.

"위력이……."

"2사도!"

조금 움직임이 늦었던 2사도의 어깨가 그대로 베였다. 하지만 2사도는 여유로웠다. 최대 위력의 파동포가 이리 쉽게 파훼된 건 충격적이었으나, 어차피 에단 휘커스의 공격은 자신에게 닿지 않는다.

"어차피 공격은 통하지 않…… 끄으으으으으윽!"

2사도가 크게 신음했다. 어깨부터 옆구리까지 사선으로 크게 베인 것이다. 조금만 더 깊었으면 그대로 반으로 갈라졌을 정도로 깊은 상처였다.

그 자리에서 무릎을 꿇은 2사도가 황급히 마나로 상처를 봉합했다.

"허억…… 허억……."

조금이라도 상처 봉합이 늦었으면 그대로 죽었다.

"젠장…… 이게 왜……."

상당히 당황스러웠다.

2사도에게는 강력한 초인력이 존재했다.

모든 공격을 회피하는 기술.

신의 가림막.

"어째서 신의 가림막이 발동하지 않은 거지……?"

에단의 공격은 확실히 강력했다. 그러나 그 강력한 공격도 맞지 않으면 그만이다.

그런데 자신의 초인력이 발동하지 않았다.

2사도의 상처에 1사도 또한 자신의 옆구리를 보았다.

피한다고 했건만 그 역시 상처가 나 있었다.

2사도가 그렇듯 1사도에게도 완전 회피의 초인력이 있었다.

그런데 에단의 공격은 두 사도의 완전 회피를 뚫고 그대로 적중했다.

문제는 그뿐만이 아니다. 이전에 둘이 쏘았던 건 최대 위력의 파동포.

그걸 반으로 베어 내고 남은 여력이 이 정도인 것이다.

그제야 모든 일들이 이해가 갔다.

이 정도로 강하니 회의 모든 일을 철저하게 짓밟을 수 있었던 것이다.

사도들의 죽음도.

3사도의 죽음도, 회주의 죽음도.

"네가 한 게 맞군."

2사도가 신음하는 사이, 에단은 확실하게 2사도를 끝장내기 위해 검에 힘을 실었다. 하지만 그와 동시에 1사도가 움직였다.

1사도의 두 손에 마법진이 그려졌다.

그러자 아까와 비슷한 파동포가 손에 생성되었다.

하나 다른 게 있다면 문 마더의 힘이 한층 더 진해졌다는 것이다.

그러나 에단은 아랑곳하지 않았다.

샤아아악-.

주위의 공기가 달라졌다.

1사도의 능력이 뭔지 신경 쓸 필요가 없다.

그 어떤 능력을 쓰든 그 전에 압도적인 힘으로 처리하면 된다. 그 사실을 회주를 상대할 때 충분히 경험했다.

"……!"

에단의 검에 모이는 힘.

그 엄청난 힘에 1사도는 인상을 썼다.

지금 에단 휘커스의 안에 있는 건 절멸증만이 아니었다.

"지금 네 몸에 있는 건…… 신들의 에너지인가? 그리고 그 절멸증, 지금 날뛰고 있지 않나?"

저 압도적인 힘의 근원은 분명 절멸증이었다. 하지만 절멸증이 저리 날뛴다는 건 시시각각 몸 내부가 파괴되고 있다는 뜻.

1사도는 절멸증에 대해서 아주 잘 알고 있었기에, 에단이 어째서 절멸증을 풀어 놓은 건지 도무지 이해할 수 없었다.

"그게 치료 방식이란 말인가? 성녀가 그렇게 하라고 한 건가?"

에단이 1사도를 보며 웃었다.

1사도는 긴장을 풀지 않았다. 저렇게 웃을 수 있다니. 엄청나게 고통스러울 텐데.

고통스럽지 않은 것인가?

아니, 그게 아니다.

"설마, 이미 치료를 했나?"

성녀라면.

그 성녀라면 에단의 절멸증을 치료했을 가능성이 있었다.

"1사도님."

2사도가 한쪽 손을 펼쳤다.

치료를 했든 안 했든 상관없다.

"죽이면 그만입니다."

펼친 그의 손에서 뭔가가 만들어졌다. 큰 상처를 입은 2사도였지만 움직일 수는 있었다.

어차피 이 자리에서 죽어도 상관없다.

2사도가 눈짓하자 1사도는 쏘려던 파동포를 없앴다.

그러고는 다시금 마법진을 그렸다. 시전 시간이 길지만 훨씬 강력한 위력의 마법이었다.

"운명의 주사위."

2사도는 에단을 똑바로 쳐다보았다. 순간 2사도의 눈

에 주사위 모양의 빛이 서렸다가 사라졌다.

"대상 선정, 에단 휘커스. 주사위를 굴리겠다."

챠르륵-.

"너는 나를 베지 못한다."

나온 숫자는 6이었다.

"행운 보정 완료. 나온 주사위의 눈은 6이다, 에단 휘커스. 방금 어떻게 날 벤 건지는 모르겠지만……."

2사도가 비틀거리며 남은 한 손에 강력한 힘을 모았다.

에단은 아랑곳하지 않았다.

'주사위를 굴려 나온 숫자대로 효과가 정해지는 건가?'

방금 나온 주사위의 수는 6.

2사도는 에단이 공격을 맞히지 못한다고 말했다.

'6이 나왔으니 최대치로 작용하겠지.'

그 말대로라면 에단의 공격은 2사도에게 닿지 못해야 한다. 저 주사위의 발동 시간이 얼마나 되는지는 모르겠지만, 적어도 1분 정도는 아무리 공격을 해도 맞히지 못한다는 뜻이리라.

역시 저 두 사도에겐 에단도 모르는 능력이 있었다.

수많은 초인력을 봐 온 에단도 모르는 초인력이었다.

하지만 에단은 아랑곳하지 않았다.

해 보는 수밖에 없다.

자신의 필중과 저 운명의 주사위.

어떤 힘이 더 강한지.

'시간이 없어.'

한껏 신들의 에너지를 흡수한 절멸증은 에단의 생존 확률을 시시각각 낮추고 있었다.

-생존 확률이 하락합니다!
-생존 확률이 하락합니다!

평소처럼 몸을 움직이기가 어려웠다. 새벽회주와 싸웠을 때 배웠던 가벼운 검술도 지금 상태로는 펼쳐 낼 수가 없었다.

하지만 그와 반대로 화력은 극대화됐다.

단 한 번의 공격으로 2사도는 어찌할 수 없는 상처를 입은 상태였다.

이 상태에서 한 번 더 공격을 제대로 적중시키면 2사도는 더 이상 움직일 수 없을 터.

그 뒤엔 1사도만 신경 쓰면 된다.

에단이 검을 휘둘렀다.

-운명의 주사위의 효과가 발동합니다.
-저주에 걸렸습니다.
-절멸증이 저주를 삼킵니다.

-운명의 주사위가 절멸증의 효과를 무시합니다.

 운명의 주사위 또한 강력한 힘을 가지고 있었다. 그 힘은 절멸증과 거칠게 싸웠고, 수많은 저주 중에서 유일하게 절멸증을 상대로 승리했다.
 에단에게 해를 입히는 저주가 아니라 공격을 할 수 없도록 봉인하는 저주이기에 가능한 일이었다.
 그러나 에단에게는 주사위의 효과를 상쇄할 수 있는 무기가 한 가지 더 있었다.
 '필중.'

-필중의 효과가 작용합니다!
-공격이 반드시 적중합니다.

 쐐애애애애애액-!
 "!"
 뒤늦게 상황을 파악한 2사도가 어떻게든 에단의 공격을 피해 보려고 했지만 이미 늦었다.
 속도, 위력. 무엇 하나 2사도가 감당할 수 있는 게 아니었다.
 에단의 검이 그대로 2사도를 베었다.

7장

7장

2사도가 너무나도 쉽게 쓰러졌다.

1사도는 쓰러진 2사도를 보며 냉정히 상황을 파악했다.

그 누가 2사도를 이리 쉽게 죽일 수 있을까.

2사도가 약한 게 아니다.

에단 휘커스가 너무나도 강했다.

무어라 형용할 수 없는 미증유의 힘.

에단의 강함은 심상치가 않았다.

"내가 시간이 많지 않거든."

에단은 쓰러진 2사도를 뒤로하고 1사도에게 검을 겨누었다.

"그 정도 강함이라면 처음부터 우리를 찾아왔으면 됐

겠지. 모든 문제를 무시하고도 남을 만큼 강력한 힘이니까. 하지만 넌 그러지 않았다."

1사도가 말했다.

"지금 그 힘은 일시적인 것이군. 절멸증은 아직 치료되지 않았고, 너는 지금 절멸증을 치료하려고 위험한 도박을 하고 있다."

지금까지 무표정이었던 1사도가 미소 지었다.

"그럼 시간은 우리에게 있군. 문 마더께서 우리를 굽어살피신다."

"그렇지. 문 마더가 너희를 돕고 있는 건 확실해. 문포스 님은 나를 믿고 지켜보시는 것 같고 말이야. 그런데."

에단이 천천히 앞으로 나아갔다. 얼마나 강하게 검을 쥐었는지 손이 부르르 떨릴 정도였다.

"오래 걸리진 않을 거야."

2사도를 처리하는 데 걸린 시간은 상당히 짧았다. 사실상 검을 두 번 휘둘러 처리했으니.

이젠 1사도가 어떤 능력을 가졌든 상관없다.

'절멸증, 이번만큼은 날 도와라.'

절멸증이 흡수한 이 강력한 힘은 방출할 때마다 에단의 몸을 파괴하고 있었다. 이미 부상이 심각했다.

'한 번 휘두르는 데 뼈가 부러졌어. 내 몸이 감당하기 어려울 정도의 위력이야.'

절대 방어가 있다고 한들 몸에 가해지는 반동까지는 어떻게 하지 못했다.

'조금만 호흡을 잘못하면 그대로 고통에 정신을 잃을 수도 있어.'

하지만 그렇다고 몸을 사릴 수는 없었다.

'버텨 내야 한다.'

버티면 이기는 싸움이다.

에단이 한 걸음 한 걸음 1사도에게 다가갔다.

"문 생추어리."

1사도의 몸에서 강렬한 파동이 뿜어져 나왔다. 다가오던 에단을 뒤로 밀어낼 정도로 강렬한 파동이었다.

샤아아아악-.

1사도의 몸에서 문 마더의 힘이 뿜어져 나왔다.

어둡고 새파란 오라.

에단이 뿜어내고 있는 문포스의 오라와 흡사했다.

다른 건 딱 밝기의 차이였다.

문포스의 힘은 밝았고 문 마더의 힘은 어두웠다.

1사도의 발밑에 어둡고 새파란 냉기가 퍼지더니 에단의 냉기와 그대로 부딪쳤다.

샤아아악-.

1사도가 손짓하자 땅에서 무언가가 쑥 뽑혀 나왔다.

그건 검이었다.

"검을 쓸 것 같은 이미지가 아닌데."

"쓰지 않았지. 쓸 필요가 없었으니까. 지금까지는 검을 들 만한 상대가 없었다."

1사도가 검을 쥐었다.

그러자 순간 분위기가 변했다.

'날카롭다.'

바로 직전 새벽회주가 사용하던 인형 사도들이 떠올랐다. 그들은 생전 대륙 최고라 불린 이들이었다.

검 하나로 일가를 이루고 대륙을 제패한 이들.

'검성보다도.'

에단이 본 그 어떤 검사들보다도 날카로워 보였다.

"검을 들면 냉정한 판단은 불가능해진다. 사도가 되어 한껏 침착해진 거니까. 검을 드는 순간, 나는 더 이상 사도가 아니거든."

꽈득-. 꽈드득-.

1사도의 이마에 핏줄이 섰다.

한없이 가라앉는 눈.

동시에 그가 전개한 문 생추어리가 영역을 줄이더니 검에 흡수되었다.

콱-.

에단이 움직임과 동시에 1사도가 움직였다.

그리고 검과 검이 맞부딪쳤다.

콰아아아아아아아아앙-!

검을 부딪치자 소리가 한발 늦게 뒤따라왔다.

* * *

정확히 5초.

5초 동안 에단과 1사도는 32번 검을 맞부딪쳤다.

결과는 가히 충격적이었다.

에단이 강하다는 건 충분히 느꼈다.

하지만 이런 결과가 나올 줄은 몰랐다.

"내가, 이 내가……."

그는 오랜 세월 동안 1사도의 자리를 유지해 왔다.

새벽회를 부흥시키고 문마더를 부활시키기 위해, 그는 가장 먼저 스스로 강해지는 걸 선택했다.

어떤 대가를 치러도 좋다. 어떻게든 강해져야 문 마더를 부활시키는 데 크게 힘을 보탤 수 있을 테니까.

그렇게 각고의 노력 끝에 강해졌건만.

1사도는 에단 앞에서 무릎을 꿇을 수밖에 없었다.

1사도가 이를 악물었다. 고통을 참아 보려 했으나 이미 늦었다. 그의 입엔 새카만 피가 죽죽 흘러나오는 중이었다.

에단은 너무나도 강했다. 굳이 미사여구가 필요 없을

정도로 압도적인 힘이었다.

감히 버텨 볼 수조차 없는 힘이었다.

대륙의 그 누가 상대한다 하더라도 절대 이길 수 없겠다 싶을 정도로 절대적이었다.

"믿을 수 없다……!"

그르륵-.

그가 피거품을 토해 내며 어떻게든 일어서려 들었다.

32번의 충돌 동안 1사도는 사용할 수 있는 모든 힘을 동원했다.

초인력.

문 마더의 힘.

숨겨 놓았던 비장의 힘.

궁극의 기술과 각성기까지 전부 다 사용했다.

절대적인 초인력인 심판의 힘까지 사용했다.

모든 걸 쏟아냈음에도 불구하고 단 한순간도 에단을 상대로 우위를 점하지 못했다.

오히려 심한 내상을 입었다.

내부 장기가 몽땅 파열되어, 그나마 할 수 있는 건 공격을 막는 것뿐이었다.

아니, 이젠 막을 수조차 없었다.

쫘앙-!

에단의 검이 그대로 머리 위를 짓눌렀다.

패배.

죽음.

1사도의 머릿속엔 이 두 가지 단어밖에 떠오르지 않았다.

"도대체 그 힘은, 그 힘의 끝은 어디란 말이냐……!"

1사도가 울부짖었다. 그와 동시에 그의 검이 그대로 두 동강이 났다.

"확실히, 네가 오랜 세월 1사도 자리를 지킨 이유를 알겠어. 2사도와는 격이 다르네."

에단은 내심 감탄했다.

1사도는 강하다. 회주나 2사도와는 비교도 되지 않았다.

새벽회에서 가장 강한 이를 꼽자면 에단은 주저 없이 1사도를 꼽을 것이다.

"어쩌면 네가 대륙에서 제일 강할지도 모르겠다."

에단은 인정했다.

그러나 그 뒤에 미소가 따랐다.

"내가 없었으면 말이야."

그러고는 사선으로 검을 휘둘러 1사도를 그대로 베어 버렸다.

"커헉……!"

검격을 막아 내지 못한 1사도는 그대로 반으로 갈라졌

다.
　1사도를 쓰러뜨린 에단은 한 차례 크게 심호흡을 하고는 입에 고인 피를 뱉어 냈다.
　2사도에 이어 1사도까지.
　"후우, 후우."
　에단은 거친 숨을 몰아쉬며 검을 털었다.
　두 사도를 처리하는 데 걸린 시간은 몹시 짧았다.
　"빨리 돌아가야 해."
　에단이 빠르게 요새로 뛰었다.

* * *

　쓰러져 있는 두 구의 시체.
　하늘에서 1, 2사도의 시체 위로 빛이 내려왔다.
　새파란 빛이었다.
　어둡고 새파란 빛이 쓰러진 두 사도를 강하게 비췄다.
　샤아아악-.
　두근-! 두근-!
　쓰러진 2사도의 몸이 꿈틀거리더니 불쑥 일어섰다.
　이어 갈라진 1사도의 몸도 붙기 시작했다.
　두 사도가 믿는 신인 문 마더의 힘이었다. 이제 문 마더를 믿는 이는 이 대륙에 이 둘뿐.

그렇기에 이대로 죽게 놔둘 순 없었다.

본래라면 불가능한 일이었으나 이곳은 신들의 도시.

인간계도 신계도 아닌 이곳에선 문마더의 개입이 가능했다.

　　　　　＊　＊　＊

"빚은 잊은 건가?"

"마황, 내가 당신한테 진 빚은 성녀를 찾는 걸로 끝났어."

끼이이이익-!

메리가 귀에 거슬리는 불쾌한 소리를 냈다.

"블러디 메리, 확실히 인상적인 검이군. 오랫동안 파트너로 함께 다녔다던데, 오늘부로 그 사이좋은 파트너십도 끝이다."

스으으으.

마황의 몸에서 뿜어져 나온 오라가 주변으로 퍼져 나갔다.

콰득-. 콰득-.

바닥이 부서지고 벽이 부서졌다.

로디튼은 슬쩍 고개를 돌려 뒤에 쓰러진 성녀를 보았다.

피 웅덩이 위에 쓰러진 새하얀 성녀.

미동이 없는 게 생명이 발하는 특유의 오라도 느껴지지 않았다.

로디튼은 혀를 찼다.

이곳에 자신이 남은 건 에단 대신 성녀를 지키기 위함인데.

이렇게 되어 버리면 에단 선생을 도왔다고 볼 수 없었다.

이 모험이 낭만은커녕 끔찍한 악몽으로 끝날 것이다.

그래선 안 된다.

"당신이 얼마나 강한지는 겪어 봐서 잘 알아. 내가 못 이긴다는 것도 알지."

"모험가에게 가장 중요한 게 뭔지 물었었던 것 같은데. 할 수 있는 것과 할 수 없는 것을 명확하게 구분해야 한다고 하지 않았나? 그래야 오래 모험을 할 수 있다고 말이야."

마황이 미소 지었다.

"할 수 없는 걸 알면서도 만용을 부리지 않을 거라 믿네, 로디튼."

마황은 그대로 성녀를 둘러메고 로디튼의 옆을 지나갔다.

까앙-!

그러나 마황은 그대로 요새를 나갈 수가 없었다.

"그랬지, 근데 그 뒤에 했던 말은 기억 안 나나 본데."

로디튼은 웃고 있었다.

싸우면 진다. 죽는다. 이미 확정된 상황이다.

"위대한 모험가가 그 위명을 유지하려면 말이야. 때론 불가능할 것 같은 일에도 도전해야 하는 법이야. 남들이 불가능하다 여기는 걸 가능하게 만들어야 해. 그래야 사람들이 불러 주거든. 위대한 모험가라고."

불가능한 걸 가능케 한다.

그런 걸 바로 위대하다고 부르는 것 아니겠는가.

로디튼이 마황에게 검을 겨누었다.

블러디 메리가 내뿜는 오라가 한층 더 강해졌다. 로디튼 또한 마나를 한껏 끌어 올렸다.

전력을 다하리라.

"위대한 모험가 로디튼의 검을 받아라. 마도 제국의 황제여."

그 말에 마황이 고개를 숙였다.

그러더니 경쾌하게 웃으며 천천히 고개를 들었다.

"아무렴, 그 위대함을 그냥 얻었을 리 없지. 좋다."

마황이 성녀를 땅에 내려 두고는 손가락을 튕겼다. 그러자 성녀의 몸이 두둥실 떠올라 뒤쪽으로 옮겨졌다.

"위대한 모험가의 위대한 모험. 그 종지부를 찍어 주마."

＊　＊　＊

　요새 안으로 들어온 에단은 입구에서 쓰러져 있는 신들을 보았다.

　그들은 파편만이 남아 있었다.

　"……에단 휘커스."

　"유희는 끝났다. 삶을 역행하려는 자가 나타났다."

　"우리의 감각에도 걸리지 않게, 아주 은밀하게 나타난 자다."

　"우리는 오랜 잠에 빠져야 한다."

　"혼란을 막아다오."

　"혼란을 막아다오."

　신들은 그 말을 남기고 그대로 사라졌다.

　죽은 게 아니다. 말 그대로 오랜 잠에 빠지게 된 것이다.

　"신들을 이렇게 만들었다고?"

　도대체 무슨 일이 벌어진 거란 말인가.

　'시간이 없는데.'

　에단은 혀를 찼다.

　우선 요새 안으로 들어가 확인해 볼 수밖에 없었다.

　"부딪쳐 보는 수밖에 없어."

　꿀꺽꿀꺽.

에단은 우선 탕약을 모두 꺼내 마셨다. 그리고 조금이라도 더 몸을 회복시키기 위해 온몸에 침을 꽂았다.
"가자."

* * *

까앙-! 까앙-!
가히 일방적인 싸움이었다.
처음엔 비등하게 싸우는 것 같았지만 금새 차이가 났다. 로디튼은 여러 분야에 만능인 모험가였지, 무력에 모든 걸 투자한 사람이 아니었다.
반면에 마황은 일평생을 무력을 쌓는 데 초점을 두고 살아온 사람이었다.
특히 마도 제국을 다스리면서 수없이 많은 전투를 해왔다.
단 하루도 빠짐없이 자신을 갈고닦았다.
그렇지 않고선 마도 제국의 황제라는 무거운 왕관을 감당할 수 없었으니까.
"몇 명인지 셀 수조차 없어. 마도 제국에서 강하다 이름 난 이들은 반드시 내게 도전했다. 그리고 단 한 명도 빠짐없이 내 손에 죽었지. 처음엔 그들의 도전이 상당히 반가웠지. 즐겁기도 했고. 각자 다 다른 강함을 지니고 있었거든."

마황에게 도전하는 이들은 각기 다른 강함을 확실하게 자랑했다.

마황은 그들의 강함을 마음껏 즐겼다.

하지만 시간이 지나자 도전자가 줄어들었다.

그나마 도전해 오는 것들은 누구 하나 다 제대로 된 놈이 없었다.

"인정받은 셈이겠지. 확실한 마도 제국의 황제로. 그런데 그게 패착이 될 줄이야."

아이러니하게도 인정받기 위해 살아온 세월이 그의 목을 조여 왔다.

자극을 쫓아, 강함을 쫓아 살아온 세월이다. 자극 없는 삶은 그에게 의미가 없었다.

자극 없는 마도 제국은 더 이상 그의 흥밋거리가 되지 못했다.

"절대자란 참으로 무료한 거더군. 그래서 되지도 않는 일을 하기 시작했지."

바로 손을 내미는 일이었다.

그는 오랜 세월 적으로 지내 온 신성 제국에 손을 내밀었다.

전쟁을 벌이려 한 게 아니다. 전쟁도 그의 갈증을 풀어 주기엔 한없이 부족했으니까.

마황이 원하던 건 재미였기에, 오히려 화해의 손길을 내민 것이다.

"신성 제국의 황제는 참으로 흥미로운 자였다. 그는 내 제안을 받아들였고, 마도와 신성은 그렇게 휴전 선언을 하게 됐지."

성황은 마황이 보기에 상당히 흥미로운 사내였다.

휴전 선언 이후로 양국 간의 교류가 생긴 건 아니지만 이전처럼 원수처럼 지내진 않게 되었다.

"휴전 선언의 조건이 있었지. 바로 교류였어. 국가 간의 교류가 아닌 성황과 나의 교류였다."

피투성이가 된 로디튼이 숨을 헐떡였다. 어깨에 깊은 상처가 생겨 더 이상 한쪽 팔을 못 쓰게 된 상태였다.

마황은 그런 로디튼을 슬쩍 쳐다보고는 말을 이었다.

"우린 교류를 했다. 강함에 목말라 있던 나한테 성황은 아주 큰 자극제였지. 강했거든. 미친 듯이 강한 자더군!"

마황이 웃었다.

로디튼 또한 성황의 강함은 들어 봐서 알고 있었다.

그가 성황이 되기 전에 만난 적도 있었다.

"우리의 승부는 항상 무승부였다. 하지만 말이다. 나는 서로의 수준이 비슷했기에 그런 거라고 생각했다. 하지만 아니었어. 나는 그 교류에 만족하고 있었지만 성황은 자신의 부족함을 계속 느끼고 있었지. 그리고 그 결과,

나는 성황에게 패배했다."

으득-.

그때를 떠올린 건지 마황이 이를 갈았다.

"나는 나의 대적자를 찾고 있었다고 생각했는데, 아니었어. 나는 강한 이를 상대로 승리를 하고 싶었던 거다."

그의 삶은 승리로 점철된 삶이었기에, 패배는 그에게 엄청난 충격을 가져다주었다.

"그래서 내린 선택이다. 난 이제 정상적인 방법으로는 더 강해질 수가 없거든."

"……갑자기 왜 나한테 그런 말을 하는 거지?"

"로디튼, 넌 들을 자격이 있다. 어째서 죽는 건지 말이다. 데스벨리에서 우연히 마주친 너를 구한 것은 정말 재밌는 일이었으니까."

마황과 로디튼 사이의 빚은 그때 생긴 것이었다.

"성녀를 찾아 주어 고맙다."

"……내 뒤를 밟아 이 신들의 도시로 들어온 거였나."

로디튼이 으득 이를 갈았다. 마황을 데리고 온 게 자신이었다니.

마황에게 이렇게 이용당하고 있었다니.

마황이 검을 들었다.

메리는 이미 바닥에 떨어져 있다.

로디튼은 주먹을 쥐고서 마황의 검에 대항했다.

후회는 없다. 자신은 스스로 정한 고귀한 이상을 위해 살아왔으니.

 "훌륭하다."

 마황의 거대한 검이 로디튼을 반으로 갈랐다.

 쿵-!

 아니, 가르기 바로 직전에 검이 멈추었다.

 "허억…… 허억……."

 지친 듯 숨을 몰아쉬는 에단이 입구에서 이쪽으로 걸어오고 있었다.

 "미안하오, 에단 선생…… 내가 잘 해 보려고 했는데…… 상황이 이렇게 되어 버렸어……."

 바닥에 떨어진 로디튼의 에고 소드, 블러디 메리는 이미 잠들어 버렸는지 아무런 미동이 없었다.

 지친 로디튼이 그대로 무릎을 꿇었다. 로디튼의 생명 또한 꺼져 가고 있었다.

 에단의 눈이 움직였다.

 대검을 든 마황. 그 옆의 로디튼. 그리고 저 한쪽 구석에 성녀가 보였다.

 "아……."

 새하얗던 성녀의 의복은 피로 흠뻑 젖어, 살았는지 죽었는지조차 알 수 없을 정도였다.

 "에단 휘커스, 대륙의 신성! 이 먼 마도 제국까지 오느라 고생 많았네. 성황이 말하길, 신성 제국 최고의 인재가 마도 제국으로 넘어가니 별일 없게끔 잘 부탁한다고 하더군."

환하게 웃던 마황의 표정이 순식간에 딱딱하게 굳었다.

"평화에 젖어 살아서 그런지, 참 재밌어. 우리가 휴전을 했지, 종전을 한 건 아닌데 말이야."

마황이 천천히 에단에게 다가왔다.

"평화는 이제 끝났다."

"에단…… 선생! 마황은 무결신체를…… 그 사도들에게 넘기려고 하고 있소!"

"1, 2사도에게 속고 있다는 겁니까?"

에단의 목소리는 상당히 지쳐 있었다. 로디튼은 그 사실을 파악하자마자 인상을 찡그렸다.

에단에게도 뭔가 일이 생겼다.

그렇다는 건 에단 혼자선 이 아수라장을 정리할 수가 없다는 뜻이었다.

"속아? 음, 속아 준 거라고도 볼 수 있겠지. 어차피 문마더 같은 건 부활하지 못해. 내가 원한 건 그들이 이 무결신체에 주입할 강대한 힘이지."

서로가 서로를 이용한 것뿐이다.

마황이 필요로 한 건 그들이 문 마더를 강림시킬 때 사용할 거대하고 강대한 힘이었다.

 그는 무결신체와 함께 그 힘을 삼킬 생각이었다.

 "신체를…… 옮겨 가겠다는 건가?"

 에단의 물음에 마황이 재밌다는 듯이 히죽 웃었다.

 "역시 신성다워. 척 하면 착 하고 알아듣는군?"

 마황이 그렇게 말하곤 안타깝다는 듯이 검을 내렸다.

 "재미없는 상황이 됐군. 그 대단한 신성의 힘을 느껴 보고 싶었는데, 다 죽어 가고 있지 않나."

 일분일초가 아쉬운 상황이라, 에단은 최대한 시간을 줄였다.

 그럼에도 불구하고 요새로 돌아왔을 땐 성녀와 약속했던 5분이 훌쩍 지나 있었다.

 "당신을 죽이기엔 충분한 거 같은데?"

 "마치 진짜 같군. 그 허세도."

 마황이 가볍게 검을 휘둘렀다.

 까앙-!

 에단이 마황의 검을 쳐 냄과 동시에 앞으로 쇄도했다.

 "너무 어색하지 않나. 본래는 그렇게 힘에 중점을 두지 않는 것 같은데. 절멸증 때문이겠지? 치료를 위해 활짝 개방해 둔 절멸증 말이다."

 콰앙-!

 마황의 속도는 3사도의 초신속과 비슷했다.

요컨대 초신속을 사용하는 에단의 속도와도 비슷하다는 소리였다.

속도가 비슷한 상황에서는 보다 유연하고 판단이 빠른 사람이 유리하다.

에단은 개방해 둔 절멸증 때문에 유연한 사고 판단과 행동이 불가했다.

그러니.

콰악-!

공격을 그대로 허용할 수밖에 없었다.

"오."

하지만 에단에게는 아직 방어 기술이 많이 남아 있었다.

-달빛 방어가 시전됩니다!
-남은 횟수 : 3

문포스의 신전을 재건하고 신도를 모으고…… 문포스의 장비를 얻으며 달빛 방어는 어느새 4회까지 늘어난 상태였다.

"절대 방어인가? 그래, 그 몸으로 부상을 입으면 즉사할 테니까. 절대 방어의 아티팩트를 구비해 둔 건 훌륭했다."

콰앙-!

대검을 이용한 마황의 공격 방식은 상당히 인상적이었다. 엄청난 기세로 상대를 베어 버린다.

모든 공격에 강렬한 힘을 실어, 상대의 움직임과 선택을 강요하는 패자의 검술이었다.

-달빛 방어가 시전됩니다!
-남은 횟수 : 2

마황의 공격에 속수무책으로 당하는 에단이었으나 아직까진 피해가 없었다.

그럼에도 마황은 아랑곳않고 연이어 에단을 공격했다.

"어디까지 버틸 수 있을까 보자."

다시 한번 마황이 힘을 담아 검을 휘두르는 그 순간.

콰앙-!

에단의 검이 정확하게 마황의 검과 맞부딪쳤다.

"두 번. 확실히 봤다, 마황."

대검을 이용한 마황의 검술. 에단은 그 특징을 확실하게 두 눈에 새겼다.

광기에 물든 에단의 눈을 본 마황이 제대로 자세를 잡았다.

그의 눈은 다 죽어 가는 와중에도 삶을 갈구하며 불타

오르고 있다.

 자칫 잘못하면 역으로 잡아먹힐 수도 있다.

 씨익-.

 마황은 자신도 모르게 진한 미소를 지었다.

 "제대로 싸울 수 없을 것 같아 실망했는데, 아니었군. 앞선 두 번의 공격은 의도적으로 받아 낸 건가? 그 성황도 내 공격을 맞아 준 적은 없었는데 말이다. 이런 상황은 처음이구나."

 지금 마황을 이겨 내지 못하면 죽는다.

 에단은 한층 더 절멸증에 제약을 풀었다. 이제 절멸증은 아무런 제약 없이 에단의 몸을 휘저을 수 있게 되었다.

 '절멸증으로 죽나 마황에게 죽나. 어차피 죽는 거라면.'

 마황에게 죽는 것보단 절멸증에게 죽는 게 훨씬 나았다.

 '사는 것도 내가 정하고 죽는 것도 내가 정한다.'

 스스로 선택하여 절멸증에게 죽는 것이다.

 "그렇게 정했다."

 "절멸증에 삼켜져 죽을 생각이군."

 그 말에 에단이 자세를 고쳐 잡았다.

 "누가 먼저 죽나 한 번 보자고."

8장

8장

까앙-!

마황의 검과 에단의 검이 맞부딪쳤다. 바닥이 흔들림과 동시에 그대로 무너져 내렸다.

요새의 지하로 떨어진 에단과 마황은 떨어지는 와중에도 계속해서 검을 맞부딪쳤다.

마황은 에단의 검을 받아 내며 그 힘에 꽤나 놀랐다.

마황에게는 특수한 기술이 있었다.

구름 흘리기라는 이름의 기술로, 근접 공격을 받는다면 그 어떤 공격이든 위력을 10분의 1로 줄여 받을 수 있는 능력이었다.

타이밍에 맞춰 정확하게 흘린다면 위력을 더 줄일 수도 있었다.

마황은 오래토록 검에 매진하며 이 기술 역시 갈고닦아 왔다. 그렇기에 10분의 1보다 훨씬 더 위력을 줄일 수 있었다.

사실상 상대의 공격을 받지 않는 수준이나 다름없었다.

마황은 그 구름 흘리기로 에단의 공격을 받아 냈다.

"타이밍을 뒤흔들고……."

하지만 그 구름 흘리기는 제대로 통하지 않았다.

분명 정확한 타이밍으로 받았는데, 에단은 그 끝에 이르러 그 타이밍을 일부러 어지럽혔다.

그리고 그와 동시에 강대한 충격이 터졌다.

"흘렸는데도 이런 위력이라?"

마황이 인상을 썼다.

에단이 검을 휘둘렀다. 더 이상 에단 검술의 묘를 살리는 건 불가능했다.

지금의 에단이 할 수 있는 건 파괴력을 극대화시켜 마황에게 피해를 누적시키는 것뿐.

그리고 그 기세를 살려 그대로 쓰러뜨리는 것이었다.

심플한 목적이지만 달리 말하자면 현재의 에단이 할 수 있는 게 그것뿐이라는 뜻이기도 했다.

그러나 그 심플함이 통했다. 에단의 계속된 공격을 흘려 내도 그 위력이 점차 강해지니, 마황이 그 심플한 힘에 휘둘리기 시작한 것이다.

피해가 쌓이자 마황의 움직임이 점차 둔해졌다.

"쯧."

마황이 혀를 차며 정면 대결을 피했다.

인정할 수밖에 없었다. 정면 대결로는 에단 휘커스를 이길 수 없다고.

에단은 현재 절멸증에 고스란히 노출되어 상당히 둔한 반응을 보이고 있었다. 그렇기 때문에 정면 대결이 아닌 다른 방식의 전투엔 취약했다.

이를 눈치챈 마황이 조금 거리를 벌리자 에단은 모든 장점을 잃었다.

그런 에단이 마황을 보았다.

씨익-.

그러고는 입가에 피를 흘리며 진한 미소를 지었다.

자기가 이겼다고 말하는 듯한 미소였다.

으득-.

그 모습에 마황이 심히 굴욕적인 표정을 지었다.

엄청난 분노가 일었지만 경거망동할 수 없는 노릇인 게, 이 모든 게 에단 휘커스의 계획이다.

에단 휘커스는 정면 대결밖에 하지 못한다.

"그래, 정면 대결에서는 내가 졌다. 그 힘, 성황보다 더 대단하구나."

지금껏 힘 싸움에서 밀려 본 적 없는 마황이 뒤로 물러날 정도였다.

"하지만 싸움이란 게 그리 단순한 것이 아니지."

마황이 물러남과 동시에 강렬한 오라가 뒤에서 느껴졌다.

에단의 등 뒤.

입구 쪽에서 느껴지는 존재감은 에단의 인상을 절로 찡그리게 만들 정도였다.

"후……."

분명 처리했건만.

"어떻소, 마황? 괴물 같은 작자지?"

2사도의 목소리였다.

그리고 그 뒤에 1사도가 있었다.

"……마무리를 확실히 해야 했는데. 역시 절멸증이 무섭긴 무서워."

에단이 한숨을 내쉬었다.

"너희들, 지금이 절호의 기회야. 지금이 아니면 절대로 날 죽일 수 없을 거야. 그러니."

에단이 말했다.

"한꺼번에 다 오도록."

"그럴 생각이었다."

마황도, 두 사도도 에단 휘커스 한 명을 상대로 합공하는 것을 부끄러워하지 않았다.

에단은 괴물이었다.

괴물들이 인정한 괴물.

저 강함은 홀로 대적할 수 있는 것이 아니다. 그렇기에 서로 합을 맞춰야 했다.

"마황!"

"말하지 않아도 안다. 새벽회의 사도들이여."

마황이 앞장서서 에단의 움직임을 잡았다. 구름 흘리기도 통하지 않는 위력이었기에 최대한 검에 집중했다.

까앙-!

에단의 검을 한 차례 막아 내고는 바짝 접근해 에단의 움직임을 완전히 멈추려 들었다.

"큭!"

그러나 에단의 움직임은 멈추는 것조차 어려웠다. 단순한 움직임만 취하고 있음에도 불구하고 그 움직임 하나하나가 위협적이었다.

"그 정도면 됐다!"

아주 짧은 시간 동안 마황이 에단의 공격을 버틴 덕분에 2사도가 허를 찌를 수 있었다.

"신의 선택."

문 마더의 힘을 빌려 피할 수 없는 공격을 한다.

콰악-!

샤아아악-!

"아직도…… 방어 기술이 남아 있었나!"

마황이 혀를 찼다.

하지만 그 뒤에 1사도가 있었다. 공중에 붕 떠오른 1사도가 검을 공중에 띄웠다.

"헤비레인."

1사도의 검이 수십, 수백 자루로 분열하더니 순간 다시 합쳐졌다.

그러더니 기다란 쐐기형의 칼날이 되었다.

"이클립스."

쐐애애애애애애액-!

1사도의 검이 정확하게 에단의 명치를 꿰뚫었다.

마황이 검이 에단의 움직임을 막고.

2사도가 방어 기술을 다 벗겨 내고.

1사도가 그 마무리를 했다.

대륙의 최강자급 셋이 전력을 다해서야 에단에게 치명상을 입힌 것이다.

"허억…… 허억……."

"후욱……."

1, 2사도는 거칠게 숨을 몰아쉬었다.

마황은 둘보다는 상황이 나아 어떻게든 호흡을 고르려

고 했으나 떨리는 어깨를 감추지 못했다.

이건 진 것이다.

이겼지만 진 것이다.

다 죽어 가던 에단을 셋이서 전력을 다해 공격한 끝에 이긴 것이다.

에단의 눈에서 생기가 사라졌다.

셋이 동시에 뒤로 물러나자 에단이 천천히 성녀 쪽을 보았다. 이어 로디튼을 한차례 보고는 그대로 앞으로 고꾸라졌다.

1, 2사도는 불안한 얼굴로 쓰러진 에단을 보았다.

"정말 죽었나?"

마황, 그리고 1, 2사도는 쓰러진 에단을 보았다.

분명 쓰러뜨렸음에도 쓰러뜨렸다는 실감이 나질 않았다.

"뭘 그리들 겁먹고 있지? 자, 무결신체는 여기에 있다. 바로 의식을 진행하도록."

마황은 그리 말하며 두 사도에게 곧장 무결신체를 건넸다.

1사도는 무결신체를 보자마자 안도의 한숨을 내쉬었다.

"모든 건 지금 이 순간부터 변화한다."

2사도가 그렇게 말하며 1사도에게 무결신체를 맡기고

는 에단 휘커스에게 가까이 다가갔다.

"확실히 처리해야겠지."

2사도는 쓰러진 에단에게 다가가 손을 펼쳤다.

그때.

꿈틀-!

"……!"

에단의 몸이 격하게 움직이자 놀란 2사도가 순식간에 요새의 입구까지 도망쳤다.

1사도 또한 막 진행하려던 의식을 그대로 멈춘 상태였다.

두 사도는 이미 에단에게 겁을 먹고 있었다.

둘은 절대 인정하려 들지 않겠지만, 이 둘은 첫 싸움에서 마음이 꺾인 상태였다.

"죽은 놈에게 산 두 놈이 겁을 먹는 형세라니. 너희들이 믿는 문 마더가 비웃을 거다."

그 꼴이 보기 답답했는지 마황이 직접 움직였다.

"그저 발악일 뿐이다. 내 일격, 그리고 너희 두 사도의 일격을 정면으로 받았다. 또한 절멸증에 온몸이 파괴된 상태야. 저건 아마 절멸증이 날뛰고 있는 거겠지. 에단 휘커스의 생명은 이미 끝났다."

생명의 불은 이미 꺼졌다.

남은 건 잔재뿐이다.

"의식을 진행해라!"

"……."

마황의 말이 옳았다.

특히 1사도는 자신이 평소와 다르다는 걸 알면서도 스스로 회복하지 못하고 있었다.

에단 휘커스를 죽였다.

그렇다면 빠르게 의식을 진행하고 원하는 바를 이루어야 한다.

"2사도."

"예, 1사도님."

1사도의 눈짓에 2사도가 바로 의식을 준비했다.

마황은 그 모습을 지켜보며 요새 안에 있던 의자를 끌고 와 편하게 앉았다.

이제부터가 중요했다.

"에단 휘커스를 재료로 써도 되지 않나? 저 안에 담겨 있는 절멸증도 그렇고, 그릇 자체가 훌륭한데."

"그럴 생각이었소, 마황."

"에단 휘커스의 그릇은 이 무결신체에 비견될 그릇. 무결신체와 비교했을 땐 부족하다고 하지만 그건 비교 대상이 무결신체이기에 그렇지, 대륙의 그 어떤 인간과 비교하더라도 에단 휘커스만한 육체는 없소."

그 절멸증의 원본을 버틴 몸이다.

"제대로 잘 써먹어야겠지."

1, 2사도가 다시금 에단에게 다가갔다.

* * *

마황, 1, 2사도.
대륙 최강자들의 공격이 에단의 숨통을 끊기 바로 직전.
에단은 급하게 신세계에 접속해 있었다.
몸 안에 터지는 절멸증.
바깥에는 마황과 1, 2사도.
에단의 마지막 카드는 신세계뿐이었다.

신세계에 접속한 에단은 빠르게 키워드를 검색했다. 지금 이 상황을 벗어날 힘이 필요했다.

무엇이든 좋다. 무엇이든.

그러나 검색어의 입력과 동시에 에단은 정신을 잃고 말았다.

-신세계 시스템이 사용자의 생명력이 감소함을 파악했습니다.
-시스템이 접속을 거부합니다.

신세계 시스템은 안전을 추구한다.
이전에 꽤나 위험한 상황에서 신세계에 접속해 도움을

받았던 때와 달리, 지금 에단은 확실히 죽음에 이르기 직전이었다.

때문에 그 위험성이 신세계 시스템으로 하여금 에단의 접속을 막고 있었다.

푸우욱-.

신세계에서 추방당한 에단의 정신이 그대로 가라앉았다.

마치 깊은 물속에 빠진 것처럼.

이윽고 에단은 삶과 죽음의 경계선에서 눈을 떴다. 더 이상 힘이 들어가지 않았다.

너무 늦었다. 이대로라면 가라앉고 만다.

절멸증에 잡아먹히고, 모든 게 끝나 버리고 만다.

그러나 에단은 포기하지 않았다.

끝까지 손을 휘저으며 발버둥 쳤다. 아직 아니라고. 아직 죽을 때가 아니라고.

여기서 이렇게 죽으려고 살아온 게 아니란 말이다.

그렇게 허우적거리던 에단의 손을 누군가가 잡았다.

-알고리즘이 적합한 신을 추천합니다.

치직-. 치지지직-.

-구독자여.

-구독자.

-구독자님.

-[제대로 된 신만 구독함] 구독자여!

에단의 손을 잡은 손은 하나가 아니었다.

에단이 구독했던.

에단의 힘이 되어 주었던.

모든 신들의 손이 에단의 손을 잡았다. 깊은 물속으로 빠지는 에단을 잡아당겼다.

-끝날 때까지 끝난 게 아니에요.

-구독자여, 나는 그대가 어느 세계에서 살고 있는지 모른다. 하지만 구독자여, 그대는 저 바닥에 있던 나를 위로 끌어올려 주었지.

-이제 우리 차례다.

-이젠 우리 차례예요.

-당신이 우리를 구한 것처럼, 우리도 당신을 구하겠습니다.

죽음의 끝에서 에단을 끌어 올린 신들. 그리고 동시에 알고리즘이 작동했다.

에단은 그 급박한 상황 속에서 알고리즘에 검색어를 입

력해 두었다.

-[강함]

압도적인 강함. 이 상황에서 벗어날 수 있는 압도적인 강함!

-**현 상황에 적합한 신을 추천합니다.**
-**좋아요를 모두 소모합니다.**
-**신이 당신의 부름에 응답합니다.**

에단이 구독한 신 중엔 힘으로 산을 뽑는 신이 있었다.
그 패왕 항우에 이어 무력 하나로 손꼽히던 이가 있었으니.
신이 되어 버린 그 강자가 에단에게 손을 내밀었다.

-내가 네 손을 잡아 주마.

묵직한 목소리가 들려왔다.

-**무신 여포가 당신에게 손을 내밉니다.**

최강의 무신이 그의 부름에 응답했다.

* * *

철컥-!

에단에게 다가가던 1, 2사도는 순간 뒤에서 들린 소리에 곧바로 반응했다.

"아직 내가 남아 있다고."

로디튼이 비틀거리며 일어섰다.

그는 치명상에 피를 토해 내면서도 꾸역꾸역 일어났다.

현재 로디튼에게 남은 건 아무것도 없었다.

그의 애검인 블러디 메리는 이미 힘을 잃고 잠든 상태고 그 자신은 치명상을 입은 상태였다.

움직이면 움직일수록 피가 흐르는데, 살아 있다고 보기 어려울 정도로 깊은 상처였다.

그럼에도 그는 일어났다.

"다 죽어가는 놈이. 네가 그 로디튼인가?"

"확실히 기개는 있군."

"이대로 끝낼 순 없거든. 내가 망쳐 버렸으니까. 망친 상태로 끝내면 위대한 모험가란 칭호가 울지."

로디튼이 씨익 웃었다. 입에서 피가 주륵 흘러나오는

모습이 상당히 인상적이었다.

1, 2사도는 로디튼을 보며 내심 감탄했다. 저 상태가 되었는데도 움직일 수 있다니.

감탄하는 둘에게 마황이 손짓했다.

"진행하도록."

자신이 처리하겠다는 뜻이었다.

어차피 로디튼은 아무것도 할 수 없다. 툭 치면 쓰러질 정도로 쇠약해진 상태다.

"아직도 살아 있었나? 전설적인 모험가라 그런지 죽는 과정도 모험인가? 그럼 내 친히 그 모험을 끝내 주도록 하마. 편히 가도록, 로디튼. 전설적인 모험가여."

"너흰 아무것도 모르고 있어."

로디튼이 비틀거리며 앞으로 걸었다.

"죽기 직전이라 그런지 헛것이 보이고 헛소리가 들리나, 로디튼?"

"그거 알고 있소, 마황? 난 아직 에단 선생이 죽었다고 생각 안 하거든. 이 신들의 도시에 있는 신들도 두려워한 에단 선생이야. 그 정도 공격에 죽을 리가 있나."

"역시 맛이 갔군."

마황이 웃자 로디튼이 따라 웃었다.

"잡담 받아 줘서 고맙소. 덕분에 조금은 시간은 벌었어. 도움이 됐습니까, 성녀?"

"네, 충분해요."

로디튼의 뒤에 성녀가 서 있었다.

"!"

1, 2사도의 눈이 크게 떠졌다. 분명 마황이 성녀를 죽였을 텐데.

새하얗던 옷이 새빨갛게 물들었지만, 성녀는 분명 서 있었다.

"분명 손맛이 있었는데."

마황이 그때를 다시 떠올렸다.

생각해 보면 의아하긴 했다. 성녀가 너무나도 쉽게 쓰러졌다.

한 번 정도는 저항할 수 있었을 텐데.

"의도적이었나?"

성녀는 대답하지 않았다.

하지만 그것만으로도 충분히 대답이 되었다.

"공격을 받자마자 저항을 포기하고 자가 수복에 집중을 했군. 성녀가 죽은 척을 할 줄이야!"

마황이 한쪽 입꼬리를 올리며 웃었다.

"그래서 무슨 의미가 있었나, 성녀? 네 비장의 한 수는 여기 쓰러진 에단 휘커스일 텐데? 그 에단 휘커스는 이미 죽었다. 네가 되살아난 것처럼 에단 휘커스를 되살릴 수 있는 건 아닐 텐데?"

"그 말대로죠. 저라고 해도 죽은 사람을 되살리진 못해요. 그건 신의 영역이니까요. 하지만 한 가지 확실하게 할 수 있는 게 있죠."

"절멸증의 치료 말인가? 하지만 그건……."

마황이 혀를 찼다.

"살아 있는 사람한테나 통용되는 거 아닌가!"

"네."

성녀가 말했다.

"애초에 죽지 않았으니까요. 그러니 살릴 필요도 없고, 치료도 가능하죠."

성녀가 에단을 보았다.

에단의 몸속 절멸증은 아직도 심하게 날뛰고 있었다.

그뿐만이 아니었다. 절멸증이 흡수한 신들의 에너지도 고스란히 남아 있었다.

이걸로 치료의 준비는 끝났다.

조금 늦었지만 확실히 치료할 수 있다.

"에단 님! 바로 치료를 시작하겠습니다!"

새하얀 옷이 피로 새빨갛게 물들었음에도 성녀는 여전히 성녀였다.

성녀가 손을 위로 뻗었다. 그러자 그 손에 맺힌 새하얀 빛이 이내 엄청난 속도로 에단을 향해 쏘아졌다.

그 자리에 있던 1, 2사도, 그리고 마황까지도 반응하지 못할 정도로 빠른 속도였다.

"말도……."

안 돼, 마황이 말을 끝마치기도 전에 에단의 몸이 삐걱거리며 일어섰다.

콰르르르릉-!

에단의 몸 위에 벼락이 쳤다.

"무, 무슨 일이!"

2사도가 신음하며 말했다.

마황도 1, 2사도도.

그리고 치료한 성녀도 사실은 정확하게 무슨 일이 벌어졌는지 파악하지 못했다.

오로지 에단만이 자신의 상황을 정확하게 파악할 수 있었다.

서서히 정신을 차린 에단은 감았던 눈을 천천히 떴다.

'성녀가 치료에 성공했다.'

그리고 무신의 힘을 받아 왔다.

그 결과, 에단은 죽음의 끝에서 되살아났다.

그 두 가지가 톱니바퀴처럼 정확하게 맞물린 것이다.

'성녀도 나름대로 방도가 있었던 건가.'

성녀는 자기 나름대로의 비전 기술을 사용해 생존한 듯했다. 그렇게 생존한 성녀는 에단과의 약속을 지켰다.

완전히 눈빛이 돌아온 에단과 성녀가 눈을 마주쳤다.

성녀는 그런 에단을 보고 희미하게 미소 지었다.

샤아아아악-.

'절멸증이 사라진다.'

에단은 느꼈다.

몸속의 절멸증이 사라지고 있었다. 에단의 피부로 끔찍한 썩은 내가 빠져나가기 시작했다.

절멸증이 가진 특유의 오라였다.

"절멸증이……."

1사도가 멍하니 말했다. 그 자리에 있는 모두가 볼 수 있었다. 에단의 몸에서 새카만 오라가 빠져나가는 걸.

얼마 지나지 않아 절멸증 특유의 기운이 사라지고 청명한 기운이 새어 나오기 시작했다

저 청명한 기운이야말로 에단이 본래 지니고 있던 기운.

그 기운이 나오기 시작했다는 건 절멸증이 완전히 치료됐음을 뜻했다.

"……."

에단이 천천히 자신의 손을 보았다.

"이런 느낌이었군."

절멸증이 없는 느낌이란 과연 이런 느낌이냐.

거기에 더불어 강하게 느껴지는 게 있었다.

절멸증이 사라졌다는 건 본래 절멸증이 가지고 있던 목

적, 의식이 완성됐다는 뜻이다.

육체의 완성. 이제 에단의 몸은 저 한쪽에 가지런히 놓여 있는 무결신체와 같았다.

신이 들어와 마음껏 자신의 힘을 펼칠 수 있는 육체라는 뜻이다.

지금 이 순간, 에단은 이 신들의 도시에 있는 신들과 같은 격에 이르렀다.

그것을 인지한 것과 동시에 에단이 쌓아왔던 모든 것들이 에단에게 오롯이 흡수되기 시작했다.

샤아아아아아아아아아아악-!

에단을 중심으로 엄청난 돌풍이 불었다.

얼마나 많이 놓치고 있었던가.

쌓고, 쌓고, 또 쌓아왔던 것들이 절멸증에 의해 얼마나 사라져 왔던가.

하지만 절멸증이 완성된 지금, 사라졌던 그 모든 것들이 다시금 에단의 몸속에 퍼지기 시작했다.

"빳!"

스스로 나온 뤼카가 자신이 가지고 있던 모든 마나를 에단에게 전했다.

에단을 위해 정제해 둔 순수한 마나가 에단의 몸을 가득 채웠다.

"후."

모든 힘을 흡수한 에단이 가볍게 손을 털었다.

그리고 강하게 주먹을 쥐자 주변의 공기가 변했다.

마황, 그리고 1, 2사도는 깨달았다.

상황이 잘못 돌아가도 너무나 잘못 돌아가고 있다.

방금 그 움직임. 단순히 손을 털고 주먹을 쥔 게 아니다. 에단은 그 잠깐의 움직임에 에단 검술의 묘를 살렸다.

"……안 보였다."

마황은 인상을 찌푸렸다. 움직였다는 건 안다. 그런데 정확하게 보이질 않았다. 중간의 핵심적인 부분이 보이질 않았다.

만약 에단이 검을 쥐고 펼쳤다면?

대응하지 못하고 죽었다. 확실하게.

절멸증을 치료한 에단과 마황 사이에는 그만한 차이가 생겨나 버렸다.

물론 그 마황보다 약한 두 사도는 말할 것도 없었다.

"에단 님."

절멸증을 치료하며 그 어마어마한 고통을 나눠 받은 성녀가 희미하게 미소 지으며 그 자리에서 쓰러졌다.

로디튼이 그녀를 빠르게 부축했다.

"남은 일은…… 부탁드리겠습니다. 이겨 주세요."

"걱정 마십시오."

에단이 말했다.

"치료해 주신 값은 확실히 하겠습니다."

에단은 두 검을 다시 꺼내들었다.

마황과 1, 2사도는 이미 전투태세에 돌입한 상태였다.

샤아악-.

-무신 여포가 당신의 몸에 깃듭니다.
-무신의 기술을 배웠습니다!
-스킬 추가 : 무신극검 (S)

완성된 육체에 신세계에서 자신에게 손을 뻗어 준 무신의 힘이 깃들었다.

무신극검.

그간 모은 모든 좋아요를 소모해 얻은 기술이었다.

그리고 그게 끝이 아니었다.

샤아아아악-.

완전히 절멸증을 이겨 낸 에단에게 문포스의 빛이 내렸다.

새파란 빛.

1, 2사도는 홀린 듯이 그 빛을 보았다. 문 마더가 내려 준 빛과 비슷하지만 저 빛은 어둡지 않았다.

밝고 차가웠다.

순간 그 느낌에 홀릴 정도로 말이다.

-여신 문포스가 당신에게 궁극의 기술을 전수합니다.
-오의를 배웠습니다.

갑작스런 오의 전수.
에단은 천천히 고개를 끄덕였다.
'절멸증 때문이었나?'
오의는 천공 도시에 숨겨진 게 아니었다.
문포스의 모든 것을 이은 에단은 처음부터 이 오의를 배울 수 있었다.
명색이 문포스의 후예인 데다가 문포스와 직접 소통하고 있었으니까.
절멸증이 있어 전해 주지 못했던 거야.'
이 절멸증은 문포스와 반대되는 신의 힘이다. 그 근간이 되는 문 마더는 한 몸에서 시작했으나 결국 둘로 갈라진 존재다.
요컨대 문 마더의 힘을 몸에 지니고 있었으니 오의 자체를 전수해 줄 수 없었던 것이다.
'그래서 전해 줄 수 없었던 거구나.'
하지만 지금 에단의 몸에는 더 이상 절멸증이 존재하지 않았다.

-여신 문포스의 오의 문샤인을 배웠습니다.

-스킬 추가 : 문샤인 (SSS)

 여신 문포스의 시그니처 기술인 문포스의 상위 기술이자 오의.

 문샤인을 배우게 되었다.

 무려 등급은 SSS였다.

 '최고 등급이야. SSS등급 기술을 배운 건 처음인데.'

 매판 경험을 통틀어 단 한 번도 배워 본 적 없는 SSS등급의 기술이었다.

 -여신 문포스가 당신을 칭찬합니다.
 -당신의 생존을 축하합니다.
 -퀘스트의 완료를 부탁합니다!

 메인 퀘스트는 새벽회의 잔당을 모두 없앰과 동시에 클리어된다.

 이제 남은 잔당은 1사도와 2사도.

 그리고 그 둘과 손을 잡은 마황뿐이었다.

 에단은 가볍게 서리검을 쥐었다.

 그와 동시에 마황이 움직였다. 에단에게 선수를 내줘선 승산이 없을 거라고 판단한 것이다.

 "한 번 이겨 보았다. 두 번이라고 못할 것 같더냐?"

마황 또한 상황이 달라진 걸 인지하고 있었다. 그럼에도 어쩔 수 없었다.

할 수 있는 건 우선 움직이는 것뿐이었으니까.

1사도와 2사도 역시 에단을 향해 손을 뻗고 있었다.

에단은 그 모든 상황이 즐거웠다.

"아까와는 다를 거야."

아주 많이 말이다.

"2라운드, 제대로 해보자고."

9장

9장

마중적토 인중여포.

말 중에선 적토마가 제일이요, 인간 중에선 여포가 제일이로다.

-무신극검을 시전합니다!

무신 여포의 능력은 심플했다.

항우가 산을 뽑을 듯한 거력을 선사해 준다면 무신 여포는 무에 관련된 모든 기술을 업그레이드해 주었다.

요컨대 에단 검술을 펼칠 때 무신극검의 힘이 작용하여 그 위력이 크게 올라가는 것이다.

그런데 그 수준이 상당했다.

까앙-!

마황은 정면 대결에서는 승산이 없다는 걸 아주 잘 알았다.

그렇기에 대검에 마나를 두르고는 거리를 벌려 충격파를 날렸다.

에단이 충격파를 처리하는 틈을 타 안으로 파고들 생각이었다.

에단에게 상당한 파괴력이 있다는 걸 알고 있으니 속도로 공략할 생각이었다.

하지만 마황은 모르고 있었다.

방금 전에 싸웠을 때 에단이 쓸 수 있었던 게 오로지 힘뿐이었다는 것을.

에단의 장점은 압도적인 힘이 아니었다.

속도.

"!"

분명 충격파를 처리해야 할 상황이건만. 에단은 이미 충격파를 부수고 마황의 정면에 바짝 다가와 있었다.

이렇게 되면 마황이 할 수 있는 건 하나뿐이었다.

"젠장!"

정면 대결.

에단의 검을 막을 수밖에 없는 것이다.

선택지를 강요하는 에단의 움직임에 마황은 욕지거리

와 함께 검을 날렸다.

까앙-!

충돌과 동시에 마황의 대검이 그대로 박살이 났다.

까가가각-!

"……."

마황이 부러진 대검을 멍하니 보았다.

검이 부러져?

생각해 본 적조차 없는 일이었다. 그러나 그게 끝이 아니었다.

서-걱!

에단은 대검을 박살 냄과 동시에 한 번 더 빙글 돌아 마황의 가슴팍을 베었다.

순간 당황한 마황이 뒤로 크게 물러났지만 이미 늦었다.

그의 가슴팍이 일자로 베였다.

입고 있던 갑옷이 조각조각 박살 남과 동시에 일자로 깊은 상처가 났다.

"젠장!"

마황은 자신의 가슴팍을 매만졌다.

피가 배어 나오고 있었다.

그가 입고 있는 건 단순한 갑옷이 아니었다.

과거 전설의 마법사와 전설의 대장장이가 힘을 합쳐 만

든 희대의 아티팩트였다.

그런 아티팩트를 단칼에 베어 버린 것이다.

검과 갑옷.

그리고.

"웨에에엑."

이윽고 찾아온 큰 고통.

딱 한 번의 충돌로 마황은 심각한 상처를 입고 거친 숨을 몰아쉬었다.

"이런 말도 안 되는……."

"족쇄를 단 나를 상대해 놓고 그게 진짜 나라고 생각했던 건가?"

에단이 정말 웃기다는 듯이 웃었다.

"웃기는군."

"그걸 어떻게……!"

"정황이 너무 딱 보여서. 사실 진짜인지 아닌지 몰랐는데. 그 반응을 보니 알겠어."

에단이 씩 웃었다.

"그렇다고 새벽회와 손을 잡다니. 이 얼마나 멍청한 짓인가. 마황, 차라리 날 찾아오지 그랬나?"

"……뭐?"

"내가 특훈을 시켜 줬을 텐데 말이야. 신성 제국의 황제인 성황을 상대로 이길 수 있는 필승법…… 같은 걸 말이다."

이죽거리는 에단을 보며 마황이 순간 크게 울컥했다.

그는 검이 부러진 것도 잊은 채로 앞으로 곧장 돌진했다.

"네게 있어선 패배가 아주 큰 굴욕인가 본데. 학생들 중에도 그런 학생들이 꽤 있다. 그런 학생들은 지면 당신과 똑같은 반응을 보여. 그런 학생들에겐 어떤 걸 가르쳐 주는 줄 아나?"

에단이 말했다.

"패배. 계속 승리만 하다 보면 나중에 무조건 찾아올 패배에 큰 상처를 입거든. 쓰러지면 다시 일어나지 못해."

"빌어먹을."

"지금 당신에게 딱 어울려. 성황에게 패배해서 어쩔 줄 모르는 꼴 말이야."

에단이 동강 난 대검을 휘두르는 마황의 공격을 여유롭게 피해 냈다. 그러고는 서리검의 손잡이 부분으로 마황이 든 검의 손잡이 부분을 정확하게 때려 올렸다.

콰각-!

마황의 들고 있던 검이 공중에 떴다.

"가장 기본적인 것도 못하는군. 검사가 검을 놓쳐서야 쓰나."

에단이 그대로 마황의 복부를 후려쳤다.
"좋은 선생 밑엔 좋은 학생이 나오는 법."
"빌어먹을. 빌어먹을-!"
에단이 검에 힘을 주었다.
'마황에게는 이게 어울린다.'

에단 검술 제4식
신뢰만년서리

부러진 검으로 에단의 검을 막을 수 있을 리가 없다.
마황의 몸이 사선으로 갈라졌다.
"하."
마황의 동공이 흔들렸다.
"잘못된 길로 와 버렸나."
쓰러진 마황을 뒤로하고 에단이 뒤를 돌았다.
 본래라면 마황이 공격을 당하는 틈을 타 1, 2사도가 움직여야 했다. 하지만 1, 2사도는 움직이지 않고 있었다.
 이 두 사도는 이미 한 번 에단에게 죽었다.
 죽은 이후 문 마더의 힘으로 되살아났지만 살아난 건 말 그대로 육체뿐이다.
 정신은 이미 에단에게 패배한 그 상태 그대로였다.
 때문에 검을 든 에단을 보자마자 자연스레 죽기 직전의

기억을 떠올렸다.

절멸증에 의해 큰 내상을 입었던 에단에게도 승리하지 못했거늘.

절멸증이 다 나은 에단을 어떻게 이길 수 있을까.

냉정한 상황 판단과 공포가 그들을 움직이지 못하게 만들었다.

으득-!

2사도의 입에서 피가 배어 나왔다. 입술을 깨물어 버린 것이다.

이대로 가만히 공포에 젖어 있으면 아무것도 할 수 없다.

지금 할 수 있는 건 딱 하나뿐이다.

2사도가 모든 힘을 두 손에 모아 최대 위력의 파동포를 준비했다.

"운명의 주사위."

거기에 더해 다시 한번 주사위를 굴려 수치 6을 뽑아냈다.

"내 공격이 반드시 적중한다."

대상은 2사도 자신.

수치 6의 보정을 받는 건 이 파동포 공격이었다.

"애초에 도망친다는 건 선택지에 없나 본데."

에단은 오히려 그런 부분을 높게 샀다.

"문 마더께 부끄러운 모습을 보일 순 없다-!"

2사도의 쇄도에 1사도가 두 손을 합장했다.

이미 검술로는 상대가 안 된다는 걸 확인했다.

그렇다면 다른 능력을 사용할 수밖에 없었다.

"이미 한 번 살려 주신 몸."

더 이상 문 마더에게 의지할 수 없는지, 둘은 최후의 최후에 이르러 더 이상 문 마더를 부르짖지 않았다.

"그래, 그랬었지. 너희들은 한 번도 추한 모습을 보인 적은 없었지."

마황에게는 일부러 4식을 사용했다.

그건 아껴 둔 것이었다.

"오의."

문 마더의 사도들에겐 문포스의 오의로.

"문샤인."

모든 걸 끝내리라.

* * *

툭-. 투둑-.

마황이 쓰러진 곳. 그 멀지 않은 곳에 두 사도가 쓰러졌다.

"이젠 문 마더도 더 이상 살리지 못하겠지."

에단이 깊게 심호흡을 했다.

"숨 쉬다가 기침이 나와 죽을 뻔한 적도 있었어."

그러나 이젠 다 과거의 일이 되었다.

에단은 살아남았다.

에단 휘커스로 살아남았다.

"보고 계십니까?"

에단이 위를 보며 말했다.

문 마더의 사도들을 문포스의 오의로 쓰러트렸다.

이제 이 세상에 더 이상 문 마더를 믿는 이들은 없다.

과거 문 마더가 문포스에게 했던 일을 그대로 갚아 준 셈이었다.

-여신 문포스가 당신에게 감사를 표합니다.

문포스가 에단에게 감사를 표했다.

그리고 동시에 무수한 알림이 뜨기 시작했다.

-퀘스트를 클리어하셨습니다!

-잔당 처리 퀘스트를 클리어하셨습니다!

-메인 시나리오를 정복하셨습니다.

-대륙의 영웅이 되었습니다!

-칭호를 얻었습니다! 당신은 대륙 멸망의 위협으로부터 대륙을 지킨 수호자입니다.

-업적을 달성하셨습니다!
-업적을 달성하셨습니다!
-업적을 달성하셨습니다!

대륙을 위협하는 새벽회를 완전히 제거하게 되었다.
메인 퀘스트 완료. 그 덕분에 칭호와 수많은 업적을 달성하게 되었다.
'메인 퀘스트는 이걸로 끝이야.'
이제 더 이상 대륙에 위협은 존재하지 않는다.
시나리오의 끝이라고 볼 수 있었다.
그리고 가장 마지막.
에단이 그토록 바라던 알림이 떴다.

-에단 휘커스로 살아남기. 모든 퀘스트를 완료하셨습니다!
-믿을 수 없는 결과입니다. 당신은 살아남았습니다!
-축하합니다, 에단 휘커스.

에단 휘커스로 살아남기.
퀘스트의 난이도는 헬. 대륙에서 제일 병약한 에단 휘커스로 살아남는 것.

-현재 생존 확률 99.9퍼센트

에단이 천천히 고개를 들고는 숨을 내뱉었다.
웃음이 멈추질 않았다.
"살았다."

* * *

"가만히 계세요. 지금 살아 계시는 게 기적일 정도예요."
"메, 메리는…… 메리는 어떻게 됐습니까, 성녀님?"
성녀도 몸이 성치 않았지만, 로디튼보다는 사정이 나았기에 전력을 다해 로디튼을 치료하고 있었다.
"이렇게 되셨는데도 에고 소드부터 찾으시는군요. 걱정 마세요. 로디튼 님의 에고 소드는 로디튼 님보다 훨씬 상태가 나으니까요."
성녀가 그렇게 말하곤 뒤쪽을 가리켰다. 거기엔 에단이 메리를 돌보고 있었다.
"에, 에단 선생……."
"로, 로디튼! 로디튼, 안 돼!"
에단의 손에 있던 메리가 갑자기 소리를 빽 질렀다.
안타깝게도 에고 소드한테는 침이 통하지 않기에 탕약

과 뤼카를 이용했다.

뤼카는 에고 소드인 메리에게 효과적인 순수한 마나를 만들어 낼 수 있었다.

덕분에 메리는 로디튼보다 훨씬 빨리 멀쩡해질 수 있었다.

"에, 에단 선생! 로디튼은?"

"이거 정말, 서로가 서로만 생각하는군요."

"나 여기 있다, 메리."

"로디튼, 이 멍청한! 내가 도망치라고 했잖아!"

"언제 그랬어? 맞서 싸우자고 했지. 죽어도 같이 죽어 준다며. 그래 놓고선 혼자 시간을 벌어 보려고 하던데."

로디튼이 웃으며 말했다.

"어디서 혼자 멋있는 장면을 다 가져가려고? 낭만은 내 몫이잖아."

"웃으시면 상처 더 벌어져요."

"미안합니다."

"……."

메리는 에고 소드라 표정을 알 수 없었지만 어째선지 에단의 눈에는 표정이 보이는 듯했다.

"로디튼 님, 감사드립니다."

에단과 성녀가 다시금 로디튼에게 고마움을 표했다.

로디튼이 아니었으면 정말 모든 게 망가졌을 것이다.

"……내가 일을 망칠 뻔했으니, 적어도 내가 수습해야 한다고 생각했소."

로디튼이 한숨을 내쉬며 다시 누웠다.

"그래도 다 잘 풀렸으니!"

그러고는 걱정 없다는 듯이 다시 눈을 감았다.

"잘된 일 아니겠습니까."

다른 게 낭만이 아니었다.

"축하드리오, 에단 선생. 얼마나 지긋지긋했을지 감히 판단할 순 없겠지만, 그 불치병인 절멸증을 치료하고 원하는 바를 이루었으니 이젠 꽃길만 걸으면 되겠군!"

* * *

휘커스 영지는 발전에 발전을 거듭했다.

마도 제국에서 돌아온 에단이 본격적으로 영지에 힘을 쓰면서 추진 속도가 한층 더 빨라졌고, 수많은 이들이 휘커스 영지에 터를 잡으면서 비로소 완벽히 자리를 잡게 됐다.

"대륙의 유명한 사람들은 다 휘커스에 모이니."

"여긴 복잡해도 올 수밖에 없다니까?"

"없는 것 빼고 다 있잖아."

"그리고 무엇보다 안전하니까."

"여기서 누가 사기 칠 수 있겠어? 황녀님도 여기 자주 오신다는데."

"십이성의 후계자들도 자주 보이더라고."

모든 길은 휘커스로 통한다.

그런 말이 돌기 시작하면서 유명인들이 모이고, 그 유명인들을 따라 사람들이 모인다.

긍정의 선순환이 일어나자 에단은 치안에 한껏 힘을 썼다.

보물에는 언제나 날파리들이 꼬인다.

그 사실을 아주 잘 아는 에단이기에 치안에 가장 크게 신경을 썼고, 그 결과 유동 인구가 한 번 더 폭발적으로 늘어났다.

"휘하 영지로 들어가게 되면 저희도 현재 휘커스 영지가 누리고 있는 혜택을 누릴 수 있는 겁니까?"

"그렇소."

"하하하— 정말 감사드립니다. 정말 영광입니다!"

인구가 늘어나면 그에 따라 땅을 넓힌다.

에단은 자신의 명성과 유명세를 확실하게 이용해 영지를 확장하고 통합하는 과정을 계속했다.

하지만 자신이 세운 기준을 넘어선 후로는 영지를 더 확장할 생각을 접었다.

'딱 여기까지.'

여기서 더 늘리면 어떤 식으로든 나쁜 소리가 나올 수밖에 없다.

제국에 대한 도전.

'난 그렇게까지 야망이 없다고.'

에단은 이미 목표를 이뤘다.

얼마나 쉼 없이 달려온 나날이었던가.

'즐길 시간도 없는데.'

목숨 걱정 없이 편히 살 수 있다는 게 얼마나 중요한 건지 확실히 느끼고 있었다.

"축하합니다!"

"축하한다, 내 아들!"

"축하드려요, 에단 님. 드디어, 드디어 이루셨군요!"

마스터 축하 파티를 했던 게 엊그제이건만.

업무를 마치고 돌아온 에단을 영지 입구에 모인 수많은 인파가 반겼다.

모두가 잔뜩 상기된 얼굴로 에단을 기다리고 있었다.

"절멸증 치료를 축하합니다! 에단 휘커스 님!"

"축하드립니다!"

이전에는 마스터 칭호를 얻게 된 것에 대한 성대한 축하였다면 이번엔 절멸증 치료를 축하하는 축제였다.

이전보다 훨씬 더 많은 인원이 모여 있었는데, 그 짧은 사이에 휘커스 영지의 규모가 커지고 인구가 더 늘어났기 때문이다.

'이거, 데자뷔인가?'

마스터 칭호 축하 파티와 비슷한 느낌이 들었지만, 항상 그렇듯 축하받는 건 기분 좋은 일이었다.

아니 오히려 그때보다도 더 기뻤다.

에단은 웃음을 참지 못했다.

"하하하하—."

마스터를 달성한 거야 어디까지나 마도 제국으로 넘어가기 위한 수단이었지만 절멸증의 치료는 에단의 오랜 숙원이었기 때문이다.

절멸증 때문에 얼마나 많은 일이 있었던가.

에단이 메판 전성기 시절보다 훨씬 더 강해질 수 있었던 건 뒤에서 절멸증이 계속 쫓아왔기 때문이었다.

안정되려고 하면 쫓아와 생존 확률을 낮추고, 생존 확률을 올렸더니 한계가 있다면서 막고.

'달리 보자면 절멸증이 채찍질을 해 준 거지.'

어느 정도 강해졌으면 멈추기 마련인데, 안주하고 멈추면 목숨이 달아나니까 말이다.

'나한텐 절멸증이 선생이었던 거지, 뭐.'

에단이 환하게 웃자 다들 더욱더 크게 박수를 쳤다.

하지만 에단은 금세 표정을 굳혔다.

"이렇게 하시면 어떻게 합니까."

에단이 심각한 표정으로 휘커스 백작에게 다가갔다.

분명 웃던 에단이 갑자기 표정을 굳히고 다가오자 휘커스 백작이 곤란스런 표정을 지었다.

"에단, 혹시 내가 실수한 거냐?"

"예, 큰 실수를 하셨습니다."

갑자기 싸해진 분위기에 휘커스 백작이 헛기침을 했다.

에단이 축제를 마음에 들어 하지 않는 듯 보였다.

백작은 옆에 있던 총관에게 빠르게 눈치를 준 후 모인 인원을 그대로 해산시키려 들었다.

하지만 에단의 말이 먼저 나왔다.

"제 절멸증이 치료됐는데 이 정도 규모는 너무 작습니다, 아버지. 더 크게 하시죠. 제 지인들을 싹 다 불러야겠습니다."

대륙 각 지역을 돌아다니며 얻은 인연들과 십이성 가문.

그들에게 확실하게 어필하는 게 좋을 듯했다.

'기왕 하는 축제, 성대하게 하는 것도 좋지만 알리는 게 제일이거든.'

에단 휘커스에게 더 이상 병은 없다.

그 사실을 알리는 것만으로도 여러 가지 억제력이 생기는 것이다.

에단이 황녀의 비호를 받게 된 것과 비슷한 원리였다.

'이유야 붙이기 마련이지. 사실 기왕 하는 축제를 크게 하고 싶은 마음이 제일 커.'

다른 이유는 적당히 붙인 것뿐이고, 사실은 이 절멸증을 치료했다는 것이 상당히 의미 있는 일이었기에 모두에게 알리고 싶었다.

"제 치료에 도움을 준 모든 이들에게 편지를 보내겠습니다. 편지를 보내고 그분들이 오게 되면 본격적으로 축제를 시작하시죠!"

한 달.

아주 넉넉한 축제 기간이었다.

그 말을 듣고서야 휘커스 백작을 포함한 모든 이들의 표정이 풀렸다.

에단은 그렇게 말하곤 휘커스 백작에게 고개를 숙였다.

"그 중앙엔 아버지가 자리하시면 됩니다. 덕분에 제가 여기 살아 있는 거니까요."

휘커스 백작이 모든 걸 내던져 에단을 치료하지 않았으면 애초에 시작하지도 못했을 일이다.

얼마 버티지 못하고 금방 죽었을 테니까.

에단의 육체가 하늘의 선택을 받았다고는 한들 그 자그마한 육체로 절멸증을 버티는 게 가능했을 리가 없다.

"그래, 성대하게 열자꾸나."
더 이상 울 필요는 없었다.
이젠 웃는 날만 남았으니까.

* * *

에단은 에단 휘커스로 살아남는 데 성공했다.
새벽회의 잔당을 처리하며 메인 시나리오를 전부 다 클리어 했으니, 사실상 메판의 엔딩에 도달했다고 볼 수 있었다.
"삶은 이어진다."
그리고 깨달았다. 이건 게임이지만 게임이 아니다.
퀘스트를 클리어하고 대륙의 위협을 모두 막아 냈다고 해서 모든 게 끝나는 것이 아니었다.
"이렇게 될 거라고는 생각 못 했어."
메인 퀘스트를 클리어하면 본래 살던 곳으로 되돌아간다?
사실 그건 에단이 원하는 바가 아니었다.
"이제야 살아남았다고."
에단이 바란 건 메인 시나리오를 클리어해 살아남고 원래 세계로 돌아가는 게 아니었다.
"죽음의 위기 없이 건강하게 사는 걸 바라 왔었지."

에단은 죽지 않기 위해 수많은 것들을 쌓아 왔다.

강함, 인맥, 영지.

적은 없앴고 아군은 늘려 왔다.

이제 에단에게 남은 건 건강한 몸과 대륙 십이성이 된 가문, 그리고 대영지였다.

"오히려 좋은가."

이젠 즐길 일만 남은 셈이다.

그때 에단에게 알림이 울렸다.

-신세계 시스템이 당신을 호출합니다.

* * *

신세계.

신세계를 이용하는 수많은 신들과 구독자들은 갑작스런 알림에 당황했다.

-신세계의 경쟁이 마무리됩니다!
-신세계의 경쟁이 마무리됩니다!

"신세계의 경쟁이 마무리된다고?"

"그럼 끝나는 건가?"

신세계는 일종의 대회였다.

신들 중 가장 많은 구독과 좋아요를 확보한 신을 뽑는 것.

신들의 신을 뽑는 게 이 신세계의 목적이었다.

물론 이건 구독자들과 신들이 예상하고 있는 사실일 뿐. 이 신세계에 대해서 정확히 아는 이는 그 누구도 없었다.

"순위는 다 정해져 있는데."

"그러면 제우스 님이 우승이네. 제우스 님이 제일 좋아요와 구독자 수가 많으니까."

번개의 주신 제우스.

현재 신세계에서 가장 많은 좋아요와 구독자 수를 보유한 신이었다.

근래에 올린 영상은 구독자들에게 상당한 호평을 받고 있었고, 굿즈 역시 구독한 모든 이들이 살 만큼 퀄리티가 훌륭했다.

아마도 쌓은 좋아요 수가 상당할 터.

-신세계 투표를 진행합니다!

그러나 우승자를 뽑는 방식은 구독자들이 예상했던 방

식과는 달랐다.

신세계의 우승자를 뽑는 방식은 투표였다.

"그럼 이 순위는?"

-투표 번호는 현재 신세계의 순위대로입니다.

높은 순위를 기록한 신들은 우선적으로 좋은 번호를 받아간다.

순위에 따라 가장 노출이 잘 되는 번호를 받아 갈 수 있으니, 마지막 투표에 큰 도움이 되는 혜택이라고 볼 수 있었다.

"오, 이러면 재밌어지겠는데?"

"혜택이 좋긴 좋은데, 이러면 지금껏 열심히 해 온 신들은 맥이 빠질 수도 있겠어."

순위만을 바라보고 열심히 해 온 신들이라면 조금 신경이 쓰이겠지만, 그들도 마냥 싫어하지는 않을 만한 방식이기도 했다.

무엇보다 그들은 신이니까. 순위로 굳어진 결과보다 오히려 투표를 더 좋아할 수도 있었다.

"하지만 최상위 4신들은 그런 건 신경 안 쓸 것 같네. 아니, 오히려 투표를 더 좋아할지도?"

지금까지의 노고를 생각하면 혜택이 상당히 적다 볼 수

도 있겠으나, 대다수의 신들은 투표 방식에 상당한 자신감을 보였다.

하위권의 신들도 나름대로 반전을 기대할 수 있는 좋은 방식이었다.

-지금부터 투표를 시작합니다.
-여러분은 총 10표의 투표권을 가질 수 있습니다. 한 신에게 모두 투표를 할 수도 있고 한 표씩 각기 다른 신에게 투표할 수도 있습니다.
-투표의 결과로 우승자가 결정됩니다!
-투표권은 이양이 가능합니다.

꽤나 특이한 투표였다.

"투표권이 이양 가능하다고?"

"이게 무슨 말이지? 투표권을 다른 구독자한테 줄 수 있다는 거야?"

신세계의 구독자들은 서로 커뮤니티를 통해 소통할 수 있었다.

때문에 신세계를 이용하는 과정에서 친해진 구독자들도 있었다.

또한 커뮤니티에는 신들을 추천하고 능력을 분석하는 글 올리거나 구독자나 특이한 행보를 보여 유명해진, 소위 네임드라 불리는 구독자들도 여럿 있었다.

때문에 투표권을 이양할 수 있다는 건 상당한 이슈가 되었다.

"솔직히 누굴 투표해야 할지 모르겠어요. 최상위 신들에게 투표하고 싶긴 한데, 기왕 투표하는 거라면 내가 투표한 신이 우승했으면 좋겠거든요."

"내 손으로 우승자를 뽑으면 그것만큼 기분 좋은 게 없죠."

"누굴 뽑으실 건가요?"

커뮤니티에선 누굴 뽑아야 하는지, 누가 우승할 것 같은지 여부를 두고 갑론을박이 시작되었다.

"당연히 제우스 님이지! 지금까지 줄곧 1위 자리를 수성하셨고, 능력도 엄청나시잖아! 일단 구독하면 좋아요 손해는 절대 안 봤으니까!"

"석가모니 님 아닐까? 그분 덕에 살아 있는 사람이 굉장히 많을 텐데."

"당연히 오딘 님이시죠. 오딘 님은 제우스 님보다 훨씬 더 다양한 능력을 주셨는데."

많은 이들의 예상과 달리 우승자를 선정하는 방식이 투표로 결정되었지만 최상위 4신은 여전히 우승에 가까웠다.

그들에게 도움을 받은 구독자들도 굉장히 많았고, 최상

위권에 오래 머물러 있었던 만큼 상당히 많은 이들에게 노출되었기 때문이다.

최상위권에서 오래 노출이 됐다는 건 그만큼 친숙하다는 뜻이기도 하니, 그들의 우승에 거부감을 보이는 구독자는 얼마 없었다.

그렇게 갑론을박이 벌어지는 가운데 본격적인 투표가 시작되었다.

-투표하였습니다!
-투표하였습니다!

수많은 구독자들은 최상위 4신에 10개의 투표권을 모두 다 투표했다.

커뮤니티엔 우승자를 점치는 글들이 여럿 올라왔다.

-누가 우승할 것 같습니까?

-제 생각엔.

-저는 그렇게 생각 안 합니다!

-무조건 제우스 님이죠!

-전 역배를 노리렵니다. 척준경 님이 될지도요.

-저는 보는 눈이 없어서, 다른 분들은 어떻게 생각하시는지 궁금하네요.

투표가 본격적으로 진행되는 와중에, 커뮤니티에 보는

눈이 상당히 좋은 네임드 구독자 하나가 언급되었다.

지금껏 수많은 신들을 상위권으로 올린 경력이 있는 구독자였다.

"혹시 [제대로 된 신만 구독함] 구독자님은 누구에게 투표할까요?"

10장

10장

"그러게요. 그 구독자님은 지금까지 여러 신들을 상위권으로 올리셨잖아요. 그분이 구독한 신들 대부분이 하위권에 있던 신이거나 아무도 모르는 신들이었는데요."

"아예 인지도가 없는 신들이었는데, 그분은 그 신들을 상위권으로 올리면서 괜히 자기가 픽한 게 아니라는 걸 보여 주셨죠. 엄청 도움이 됐어요!"

[제대로 된 신만 구독함] 구독자의 추천에 도움을 받은 이들은 그의 선택에 관심을 보였다.

그는 비주류의 신들을 픽해 주류로 만들고 그 신들의 순위를 대폭 상승시켰다.

그 말인즉슨 보는 눈이 상당히 좋다는 뜻이었다.

"[제대로 된 신만 구독함], 그분, 보는 눈이 상당히 탁

월하시니까요. 엄청 궁금해지네요."

"혹시 그분이 선택한 분이 우승하는 건 아닐까요?"

"근데 아무리 생각해도 그분이 제우스 님을 선택할 것 같지가 않은데."

지금까지 수많은 신들을 상위권에 올리고 유명세를 안겨 준 [제대로 된 신만 구독함] 구독자.

신세계의 구독자들은 그의 픽이 상당히 궁금했다.

지금까지의 행보를 보건대 그는 최상위권인 신들은 구독하지 않았다.

최상위권의 신들 중 유일하게 구독한 신이 있다면 척준경 정도다.

하지만 그의 구독 후기를 본 사람들이라면 안다.

척준경이 상위권의 신이라 구독한 것이 아니라, 그에게 딱 필요한 능력을 가지고 있었기에 구독했다는 것을.

그랬기에 구독자들은 [제대로 된 신만 구독함] 구독자의 픽을 상당히 궁금해했다.

"그분의 구독 후기에 정말 많은 도움을 받았어요. 제가 사는 세계는 좋아요를 얻는 조건이 상당히 까다로워서요. 좋아요 하나하나가 정말 소중하거든요. 함부로 구독을 했다가 좋아요를 날렸을 땐 정말…… 목숨이 오갈 정도였어요."

"저도 [제대로 된 신만 구독함] 구독자 님 덕분에 위기를 극복한 게 한두 번이 아니에요. 정말 많은 도움을 받았어요."

"그분이라면 제대로 봐 줄 겁니다. 전 그렇게 믿습니다. 그래서 전…… 제 투표권을 [제대로 된 신만 구독함] 구독자님께 넘길 생각입니다!"

한 명의 의견이 아니었다.

수많은 이들이 [제대로 된 신만 구독함] 구독자에게 투표권을 양도하겠다고 나섰다.

"솔직히 궁금하긴 합니다. 그 구독자님이 선택하는 신이 누구일지."

"그분이라면 확실히 봐 주지 않겠습니까?"

"하긴, 재미가 없긴 해요. 그냥 제우스 님이 우승하는 것도 그렇고, 진짜 제우스 님이 신세계의 우승자가 되어도 되는지도 그렇고."

글을 쓰지 않고 지켜보고만 있던 구독자들도 그러한 구독자들의 흐름에 가세했다.

-투표권을 양도합니다.
-투표권을 양도합니다.
-투표권을…….
-…….

수많은 구독자들이 자신의 투표권을 [제대로 된 신만 구독함]에게 양도했다.

그들은 뭔가 대단한 걸 바라지 않았다.

어떤 신이 우승할지 관심을 보이는 이들도 여럿 있었지만 대부분은 어떤 신이 우승하든 우승할 만하다고 생각했다.

구독자들의 투표와 투표권 양도가 한창 벌어지는 가운데.

신들에게는 다른 일들이 벌어지고 있었다.

"우리만 구독자들에게 선택받는 게 아니었군?"

신세계에 있는 수많은 신들에게도 창이 하나 떠 있었다.

-신세계의 수많은 신들께 고함. 항상 선택받는 입장이었던 신들께 선택의 기회를 부여합니다.
-최고의 구독자를 선정할 수 있습니다.
-투표하십시오.

"최고의 구독자 투표라!"

"재밌는데? 확실히, 지금까지 우리는 선택만 받아 왔으니까."

지금껏 만난 구독자들 중 인상 깊은 구독자들은 꽤 있었다.

"[제대로 된 신만 구독함] 구독자가 처음은 아니라고."

신세계에는 [제대로 된 신만 구독함] 구독자 이전에도 여러 유명한 구독자들이 존재했다.

[제대로 된 신만 구독함]이 등장한 이후로 다른 유명한 구독자들을 언급하는 일이 사라졌을 뿐.

"투표해야겠군."

신들도 빠르게 투표를 진행했다.

* * *

"재밌네."

에단 역시 신세계에 접속해 그 끝을 보고 있었다.

오랜 세월 이어진 신세계의 경쟁이 끝나고 우승자를 뽑는 투표가 진행되고 있었다.

"투표권을 10개나 준다니, 나한텐 꽤 좋은 일이야."

에단은 신들의 도시에서 죽기 일보 직전까지 갔었다.

어떻게든 신세계의 도움을 받으려 했으나 생명력이 다해 신세계에서 쫓겨났었다.

"그때 도와준 게 신들이니까."

그들이 손을 뻗어 주었다.

손을 뻗어 죽음에서 구해 주었다.

'신들이 도와주지 않았다면 거기서 모든 게 끝났을 거야.'

에단은 그 보답으로 이 투표권을 자신을 도운 모든 신에게 한 표씩 줄 생각이었다.

"사실 누가 우승하는지는 그리 중요하지 않으니까."

그때 갑자기 알림음이 울리기 시작했다.

띠링-! 띠링-! 띠링-! 띠링-!

쉴 새 없이 울리는 알림.

"뭐야, 갑자기?"

에단이 놀라서 알림을 확인했다.

-엘프조아 님이 투표권 10표를 양도하셨습니다.
-남궁독고 님이 투표권 10표를 양도하셨습니다.
-큰나무수호자 님이 투표권 10표를 양도하셨습니다.
-신성왕 님이 투표권 10표를 양도하셨습니다!
-……님이 투표권 10표를 양도하셨습니다!

수많은 이들의 투표권 양도였다.

에단은 신세계에 들어오며 안내받은 투표 설명을 다시 확인했다.

"투표권 양도가 가능함."

자신이 가진 투표권을 다른 이에게 양도할 수 있다.

그 어떤 구독자든 상관없이 말이다.

"왜 나한테?"

에단이 당황하며 투표권을 양도해 준 구독자 목록을 살폈다.

혹시 자신에게 도움을 받은 구독자인가 싶었기 때문이었다.

질문 답변 게시판에 에단이 꽤 여러 번 답변을 남긴 적이 있었기에 합리적인 추론이었다.

"맞긴 한데, 전부 다 그런 구독자들은 아닌데? 그럼 구독 후기에 도움을 받은 구독자들인가? 그렇다 쳐도 너무 많아."

아무리 봐도 에단과 연관이 없는 닉네임이 많았다.

게다가 투표권 양도가 끊이질 않고 이어지고 있었다.

띠링-! 띠링-! 띠링-!

"흠."

에단은 이들의 심리를 금세 알 수 있었다.

"나랑 같은 부류인가 보군. 누가 우승하든 상관없는 구독자들이야."

누가 우승하든 상관없다.

하지만 궁금한 게 하나 있었다.

바로 [제대로 된 신만 구독함]의 선택이었다.

지금껏 에단은 다양한 신들의 구독 후기를 쓰며 숨은 보석을 발굴하는 일을 해 왔다.

아무도 모르던 허준이라는 보석이 발굴되어 순위권까

지 올라왔다.

그뿐만 아니라 신세계의 구독자들이 모르고 있던 신들이 계속 위로 올라왔다. 나름대로 인지도는 있었지만 선택받지 못하던 신들을 살리기도 했다.

신들이 바뀌었나?

아니다, 신들은 그대로였다.

에단이 그들의 장점을 확실하게 봤을 뿐이다.

그리고 그 점을 알려 다른 이들도 볼 수 있게 도왔을 뿐이다.

모두가 궁금해했다.

여러 신들을 발굴한 구독자라면 어떤 신을 우승자로 꼽을지 말이다.

"내 선택이 궁금한 거겠지. 아무래도 성과가 있으니까."

하지만 순전히 궁금증만이 이 상황을 만들진 않았을 것이다.

이들 중 몇몇은 에단의 선택을 궁금해 이런 행동을 했을 테지만 다른 몇몇은 에단에게 도움을 받은 구독자일 것이다.

그저 에단에게 받은 도움을 갚고자 투표권을 준 구독자도 있다.

'질문 답변 게시판에서 도움을 받은 구독자들 말고도 내 구독 후기에 도움을 받은 구독자들이 많을 테니까.'

에단은 팔짱을 꼈다.
물론 부담은 없었다.
"킹메이커 역할을 할 생각은 없었는데."
하지만 이러면 이야기가 달라질 수밖에 없다.
"흐으으으음."
가장 쉽게 선택할 수 있는 건 최상위 4신 중 하나였다.
"누굴 고르든 이상하지 않으니까."
구독자 수.
좋아요 수.
굿즈.
신세계에서의 영향력.
최상위 4신 모두가 우승자가 되기에 충분했다.
"굳이 고른다고 한다면."
에단은 망설임 없이 한 신을 선택했다.
"이 신이겠지."
에단이 선택한 신은 최상위 4신 중 하나였다.

-번개의 주신 [제우스] 님께 투표하시겠습니까?
-모든 투표권을 사용하시겠습니까?

허준을 시작으로 수많은 신들을 구독한 에단이다. 이만큼 어마어마한 투표권이라면 자신이 발굴한 신을 위로 올릴 수도 있을 터.

하지만 에단은 그럴 생각이 없었다.

'굳이 그럴 필요가 없어.'

"내가 구독을 안 한 것뿐이지. 제우스는 우승자에 딱 걸맞거든."

제우스는 다재다능이라는 말이 가장 잘 어울리는 신이었다.

오딘과 마찬가지로 최고 주신이었지만 가진 능력의 활용은 제우스 쪽이 훨씬 좋았다.

무엇보다 구독자 수와 좋아요 수가 제일 많았다.

"영상 수도 많고, 굿즈도 많고, 커뮤니티에서 가장 언급도 많이 돼."

이런 신이 우승을 해야 한다.

"사실…… 다른 신은 조금 밀리는 감이 있지."

때문에 에단은 제우스를 선택했다.

양도받은 모든 투표권을 그대로 제우스에게 투표했다.

그리고 얼마 지나지 않아 투표가 끝이 났다.

"생각보다 빨리 끝났는데?"

본래라면 투표 시간을 넉넉히 주기 마련이다.

"어떻게 보면 이 우승자 선정 투표도 축제 같은 거니까. 다들 신나서 투표를 한 거 같은데."

망설이는 구독자들도 꽤 많았을 테지만 그럼에도 불구

하고 한 명도 빠짐없이 전부 다 투표를 한 듯했다.

-**모든 구독자가 투표했습니다!**
-**투표가 종료되었습니다.**
-**개표 중······.**
-······.

에단은 팔짱을 끼고 기다렸다.
"난 제우스를 선택했지만 다른 구독자들은 다른 신을 골랐을 수도 있지. 다들 보는 눈이 다르니까."
모든 구독자가 에단에게 투표권을 양도한 건 아니다.
"어디까지나 일부일 테니까."
에단은 꽤나 즐거운 마음으로 결과 발표를 기다렸다.
그리고 그와 함께 새로운 알람이 떴다.
투표 결과에 관련된 알람이 아니었다.
"응?"

-**신들의 투표 결과가 나왔습니다!**

"신들의 투표 결과?"

-**신세계에 참여한 신들의 투표로 최고의 구독자 투표가**

끝났습니다.

"그래, 신들은 계속 선택만 받아 왔으니까. 직접 선택할 때가 오긴 했지."

-우승자 발표에 앞서 신들이 선정한 최고의 구독자부터 발표하겠습니다.

"쫄리는 맛이 있군."

-신들이 선택한 신들의 구독자는······.
-[제대로 된 신만 구독함] 구독자입니다.

"나?"
에단이 살짝 놀란 표정을 지었다.
"진짜 나네?"
신세계는 거대하다.
이 거대한 신세계에 에단 말고도 수많은 구독자들이 있다.
신세계에서 에단이 꽤나 유명한 구독자라고는 하지만 에단 말고도 유명한 구독자는 여럿 있었다.
"설마 내가 될까 하긴 했는데."

-신들의 구독자가 되신 [제대로 된 신만 구독함] 구독자께 축하의 박수를 보내 주십시오.
 -[제대로 된 신만 구독함] 구독자님께는 특전이 주어집니다!

 팡파르 소리와 함께 에단의 주변에 폭죽이 터졌다.
 그리고 그와 동시에 신세계 우승자 투표에 참여한 모든 이들에게 에단이 [신들의 구독자]로 선정되었다는 알림이 떴다.
 -그럴 줄 알았지.
 -[제대로 된 신만 구독함] 구독자가 아니면 누가 신들의 구독자가 될 수 있겠어?
 신들은 [제대로 된 신만 구독함] 구독자가 뽑혔다는 것에 대해 상당히 만족해했다.
 특히 에단에게 투표한 신들은 자신의 픽이 틀리지 않았다며 좋아했다. 그리고 그중 아주 크게 좋아하는 신이 있었다.
 -이게 맞는 결과지. 이게 맞는 결과야!
 아레스는 아예 오열하며 결과에 감동했다.
 -내가 투표권이 더 있었으면 더 드리는 건데.
 신들에 이어 구독자들도 에단의 수상에 놀란 반응을 보였다.

-오.

-뭐야? 신들의 구독자?

-[제대로 된 신만 구독함] 구독자님이 되셨다는데?

-지금 신들 투표하는 거 아니었나요?

-보아하니 신들도 저희를 두고 투표하고 있었나 본데요?

구독자만 투표하는 게 아니라 신들 또한 최고의 구독자를 두고 투표하고 있었다는 게 알려지자 구독자들이 놀랐다.

-와, 그럼 저건 구독자 중에 1위인 거네요?

-[제대로 된 신만 구독함] 구독자님이 신들의 투표에서 우승한 거군요, 그럼!

-와, 미쳤다.

-와!

-[제대로 된 신만 구독함] 님이 신들이 투표한 최고 구독자가 되신 거야?

-축하드립니다!

-축하드려요!

에단을 싫어하는 이들도 있었지만 이런 분위기에선 싫어하는 티를 낼 수도 없었다.

어차피 신세계가 끝나는 마당에 누굴 싫어하는 게 얼마나 의미 없는지는 그들이 제일 잘 알았으니 말이다.

-사실 알고 있었습니다. [제대로 된 신만 구독함] 구독자님이 수많은 구독자분들에게 여러모로 도움을 줬다는 걸.
-이제야 좀 마음 편히 축하하겠습니다.
-축하합니다, 구독자님.
"하하."
에단은 그러한 구독자들의 반응을 보고 있었다.
"아니, 조금은 기대했지만 진짜 될 거라곤 생각 안 했는데."
구독자들의 축하에 이어 신세계 시스템 또한 에단을 축하했다.

-신들의 구독자 [제대로 된 신만 구독함] 구독자님, 축하드립니다!
-수많은 신들이 당신에게 투표했습니다. 당신은 수많은 신들의 특별 구독자로 선정되셨습니다.
-특전을 확인하십시오!

'특전.'
에단은 곧장 특전을 확인했다.
1위가 되었으니 그 특전도 어마어마할 터.
'신들이 뽑은 구독자라니, 진짜 생각지도 못한 일이야.'

곱씹으면 곱씹을수록 고마웠다.

단순히 에단이 구독 후기를 써 주고 쇼츠를 만들어 준 신들 뿐만이 아니라 다른 수많은 신들이 자신에게 투표했다는 뜻이기도 했다.

'신들의 인정이라, 이거 굉장히 기분이 좋은데.'

특전을 확인한 에단이 두 눈을 크게 떴다.

"어라."

생각지도 못한 결과에 이어 특전까지도 생각지도 못한 것이었다.

-무엇이든 들어드립니다 소원권 1회.

"소원권?"

에단의 손에 티켓 하나가 나비처럼 날아왔다.

에단이 티켓을 잡자 곧바로 신세계 시스템의 목소리가 들려왔다.

-그 어떤 소원이든 1회, 신세계 시스템의 허락에 따라 허용합니다.

신들의 구독자 특전.

바로 그 어떤 소원이든 들어주는 것이었다.

설마하니 소원권을 줄 거라고 생각하지 못했기에, 에단은 티켓을 잡고는 잠시 가만히 있었다.

소원이라.

누군가 소원을 들어준다는 말을 정말 오랜만에 듣는 듯했다.

지금까지의 에단은 모든 일을 스스로 해 왔다.

어떤 일을 해내고 싶다면 그 방법을 찾고 노력하여 결과를 얻어 냈다.

'누군가 나한테 아무런 대가 없이 소원을 들어준다는 생각 자체를 안 해 본 거 같아.'

때문에 소원을 들어준다는 이 티켓에 순간 멈춰 버리고 만 것이다.

에단이 티켓을 쥐고는 조심스럽게 물었다.

"정말 그 어떤 소원이든 가능합니까? 예를 들면 제가 신세계의 신이 된다거나 하는 그런 소원도 가능합니까?"

장난스런 소원이었다.

'갑자기 소원을 들어준다고 해도.'

빌 소원이 생각나질 않았다. 무슨 소원을 빌어야 할까?

-네. [제대로 된 신만 구독함] 구독자님. 그 어떤 소원이든 허용합니다. 세계와 세계의 흐름을 부수지 않는 소원이라면 그 어떤 소원이든 들어 드릴 수 있습니다.

구독자님께서는 상당한 영향력을 지니셨기 때문에 그 업적을 인정받아 신이 되실 수 있습니다.

하지만 신세계엔 참여하실 수 없습니다. 우승자가 나오면 신세계는 종료되니까요. 이미 신세계는 종료를 앞두고 있습니다.

이제 끝날 신세계엔 참여할 수는 없지만 새로운 세계의 신이 되는 것까진 허용되는 듯했다.

"음……."

-고민이 되신다면 가능한 일들을 설명해 드릴 수도 있습니다.

"이 소원권을 가진 사람은 대개 어떤 소원을 빌었습니까?"

에단의 물음에 신세계 시스템이 대답했다.

-크게 세 가지로 나뉩니다. [제대로 된 신만 구독함] 구독자님이 말씀하신 것처럼 신이 되기를 바라는 분들도 계셨고, 죽은 이를 되살려 달라고 했던 분도 계셨습니다.

하지만 죽은 이는 되살릴 수 없습니다.

"마지막 세 번째는 뭡니까?"

-크게 세 가지로 나뉘는 소원 중에서도 가장 많은 분들이 원하는 소원입니다.

소원권을 얻은 이들이 바라던 소원.

-예를 들자면 구독자이신 에단 휘커스 님, 아니, 예담 님께서 살고 계시던 본래 세계로 돌아가는 일 같은 것입니다.

"……"
순간 에단이 침묵했다.

-어떤 사유로 혹은 어떤 목적으로 구독자께서 새로운 세계로 들어오게 되셨는지 자세히는 모릅니다.
그저 새로운 세계에 적응하기 위해 부단히 노력하셨다는 것만 알고 있습니다.
때문에 새로운 세계로 가게 된 이유가 무엇이든 상관없이 구독자님이 본래 살던 세계로 다시 보내 드릴 수 있습니다.
아무 일도 없었던 것처럼, 기억을 그대로 되살린 채로도

가능합니다.

 몇몇 구독자분들 중엔 아예 기억을 없앤 분도 계십니다만, 대다수의 구독자분들은 이 기억을 꼭 간직한 채로 돌려보내 달라고 하셨었습니다.

 소원을 비신다면 본래 세계로 되돌아가실 수 있습니다, 구독자님.

이야기를 다 들은 에단이 잠시 생각에 잠겼다.
'원래 세계로 돌아갈 수 있다고?'
생각지도 못한 이야기였다.
거기다 신세계 시스템이 자신의 본명을 알고 있을 거라곤 생각도 못했다.
'누가 날 여기로 넣었는지는 모르는 건가.'
하지만 지금에 와서는 그리 중요하지 않은 일이었다.
'돌아갈 수 있어. 원래의 세계로.'
이 소원권을 이용하면 본래 살던 세계로 돌아갈 수 있다.
에단이 아닌 예담의 세계.
그 세계로 돌아갈 수 있다.

 -신세계 구독자님들 중에서는 그런 분들이 많습니다. 다른 새로운 세계로 넘어가게 되신 분들 말입니다.

저희는 그런 분들을 신세계의 구독자로 선정해 왔습니다.

구독자분들이 저희 신세계를 통해 조금이라도 더 편의를 누리시길 바랐기 때문입니다.

에단 또한 그렇게 선정된 구독자 중 하나였다.

-원래 세계로 돌려보내 드리는 건 본래 저희가 가능한 일이 아닙니다. 하지만 구독자님께서는 신세계의 구독자로 훌륭한 영향력을 행사하셨고, 그와 더불어 여러 신들에게 인정받으셨습니다.

수많은 신들이 구독자님께 투표했고, 그에 따라 최고의 구독자로 뽑히셨기에 소원을 들어 드릴 수 있는 겁니다.

오로지 소원권을 통해서만 본래 세계로 돌아가실 수 있습니다.

지금이 마지막 기회일 수도 있습니다.

요컨대 시스템이 허락하는 지금에 한해서만 본래 세계로 돌아갈 수 있다는 뜻이었다.

에단은 잠시 고민했다.

에단 휘커스로 살아남기 퀘스트를 막 시작한 초창기 무렵엔 메판의 메인 퀘스트를 모두 끝내고 에단 휘커스로 살아남게 되면 본래 세계로 돌아가게 되지 않을까 생각했다.

하지만 모든 퀘스트를 끝냈음에도 그는 여전히 에단 휘커스였다.

물론 기존의 에단 휘커스와는 확연히 달랐다.

누가 이런 자신을 보고 에단 휘커스라 말할 수 있을까.

에단은 예담 그 자체였고 예담은 에단 그 자체였다.

-선택할 시간을 조금 드리겠습니다. 준비가 되신다면 말씀해 주십시오. 소원은 언제든지 사용하실 수 있습니다.

"아니요, 바로 말하겠습니다."

에단은 이미 결정을 내렸다.

사실 예전부터 생각해 온 것이기도 했다.

만약 메인 시나리오와 퀘스트들을 클리어하게 된다면, 만약 그렇게 해서 원래 세계로 돌아갈 수 있는 기회가 생긴다면?

그때 자신은 어떻게 할 것인가에 대한 생각이었다.

'난 이미 결정을 내렸어.'

"처음에야 그랬죠. 여긴 게임 속이라고. 내겐 원래 살던 세계가 있다고. 하지만 확실히 선택하기로 했습니다."

에단은 이곳이 마음에 들었다.

그리고 이제야 목숨 걱정하지 않고 살 수 있게 됐다.

"질릴 때까지 이 세계에 있을 생각입니다. 나중에 질리게 되면."

에단이 말했다.

"그때 가죠."

그때는 자신만의 힘을 더욱 더 갈고 닦아 본래 세계로 돌아갈 길을 찾으리라.

아니면 또 다시 힘을 빌리면 된다. 신세계 시스템은 소원권으로만 원래 세계로 돌아갈 수 있다 했지만, 에단은 지금껏 불가능을 가능케 해 온 사람이 아니었던가.

"일단 지금은 아닙니다. 지금 돌아갈 생각은 없습니다."

에단이 웃으며 말했다.

그것보다 이 소원권을 더 잘 쓸 수 있는 방법이 생각이 났다.

'이대로 신세계가 끝나면 수많은 구독자들이 더 이상 신에게 도움을 받지 못하게 된다.'

마찬가지로 신들 또한 자신의 능력을 다른 누군가에게 전수하지 못하게 될 테고, 신세계의 도움을 받아 살던 이들이 죽게 될 수도 있었다.

'수많은 이들이 신세계의 도움을 받아 살고 있으니까.'

셀 수 없을 정도로 많은 세계.

그 수많은 세계의 구독자들이 더 이상 신세계를 이용할 수 없게 된다.

'아쉽잖아.'

에단 또한 아직 모르는 신들이 많았다.

"소원을 빌겠습니다."

-소원이 무엇인가요?

"제 소원은······."

소원을 들은 시스템이 잠시 말을 멈췄다.

시스템이 대답한 건 꽤 시간이 흐르고 난 이후였다.

-네, 구독자님. 소원이 접수되었습니다.

시스템이 대답했다

-구독자님의 소원에 따라 신세계는 지속됩니다.
-구독자님의 소원은 모든 구독자들에게 알려질 겁니다.
-감사합니다. [제대로 된 신만 구독함] 구독자, 에단 휘커스, 그리고 김예담.

"또 봅시다."

에단은 신세계 시스템이자 알고리즘 그 자체인 그에게 인사했다.

- 지금부터 신세계의 우승자를 발표하겠습니다!
- 신세계의 우승자는······!

에필로그

에필로그

신성 제국의 황성.

거대한 단상 앞에 관복을 입은 수많은 신하들이 정렬해 있었다.

오늘은 신성 제국에 있어 아주 중요한 날이었다.

"에반젤린 황녀께서 들어오십니다."

제12대 황제가 등극하는 즉위식 날이었다.

전대 황제인 카이로디아스 새크리드의 주도 아래 새로운 황제가 될 에반젤린이 천천히 걸어왔다.

"에반젤린 황녀는 이리 오라!"

카이로디아스 황제의 말에 에반젤린이 부드러운 발걸음으로 황제 앞으로 걸어갔다.

황제는 천천히 자신의 관을 벗었다.

"꽤 오랜 시간 이 자리에 있었지. 하지만 나도 이제 늙어 새로운 물결에 건네주기로 결정했다. 반대하는 자가 있다면 지금 말하라. 그 의견을 들어 주겠다."

황제의 선언에 신하들은 조용했다.

"그럼 모두가 축하한다고 생각하마."

11대 황제 카이로디아스 새크리드가 황제의 관을 자신의 딸인 에반젤린 새크리드에게 건네주었다.

"에반젤린, 새로운 황제 폐하. 신성 제국을 잘 부탁드리오."

"네."

에반젤린이 결연한 표정으로 머리를 숙였다.

황관이 머리에 씌워지자 즉위식을 진행하는 신하가 큰 소리로 외쳤다.

"에반젤린 새크리드 황녀 폐하께서 새로이 12대 황제에 등극하심을 엄숙히 선포합니다!"

이것으로 에반젤린 새크리드는 정식으로 12대 황제로 등극하게 되었다.

신성 제국의 수많은 신하들이 고개를 숙였다.

이 즉위식에는 한때 후계자 싸움을 벌였던 11대 황제 카이로디아스의 자식들이 모두 다 참여했다.

본래라면 후계자 싸움에서 패배한 이들은 즉위식에 참가할 수 없다.

그러나 에반젤린은 이 후계자 싸움에서 압도적으로 승리했기에 자비를 베풀 수 있었다.

"인정할 수밖에 없지, 뭐."

"차라리 이런 게 더 나을지도 모르겠어. 비슷한 수준이었다면 우리들 중 살아 있는 사람이 몇 없었을 테니까 말이야."

11대 황제 카이로디아스 새크리드가 에반젤린을 안아 주었다.

"고생해라, 딸."

어깨의 모든 짐을 내려놓은 황제는 여러모로 즐거워 보이는 표정이었다.

항상 권태로워 보이는 카이로디아스였건만.

오랜만에 미소를 짓는 선황을 보며 에반젤린은 자신도 모르게 함께 웃고 말았다.

"아버지께서 웃으시는 모습을 정말 오랜만에 보는 거 같아요."

"그 자리에 있으면 너도 그렇게 될 거야. 많이 웃어 두렴."

그렇게 성대한 황제 즉위식이 끝난 이후.

황관을 쓴 에반젤린이 단상에서 내려왔다.

대기하고 있던 암검이 그녀에게 다가왔다.

"정말 축하드립니다, 황제 폐하."

"축하드립니다!"

"이게 다 너희들 덕분이야. 불치병에 걸렸던 나를 포기하지 않고 따라 줘서 정말 고마워."

평소엔 상당히 이성적인 에반젤린이었지만 즉위식에서 만큼은 감정을 다스리지 못했다.

그 재능은 출중했지만 불치병에 걸려 후계자 싸움에서 사실상 퇴출된 처지였다.

권력의 구도에서 벗어난 에반젤린이지만 암검과 암검대는 끝까지 그 곁을 지켰다.

에반젤린은 그게 너무나도 고마웠다.

"이젠 그 보상을 받을 때가 왔어."

"저휜 황제 폐하를 모실 수 있다는 것만으로도 만족합니다."

"황제 폐하로 즉위하신 것이 저희가 받은 보상입니다!"

"말도 잘하네."

에반젤린이 웃으며 말했다.

"즉위식이 끝나셨는데, 가장 먼저 하고 싶으신 일은 어떤 건지 여쭤봐도 됩니까?"

암검이 벅찬 얼굴로 이제는 12대 황제가 된 에반젤린에게 물었다.

"가장 먼저 할 일은."

에반젤린 황제가 환하게 미소 지었다.

"축제에 가는 일이지."

"……예?"

"절멸증 완쾌 축제."

"……예?"

암검이 바보처럼 두 번이나 되물었다.

"내가 여기 이렇게 있을 수 있는 이유가 뭐야? 내 불치병이 치료됐기 때문이지? 그럼 불치병을 치료해 준 사람은? 바로 에단 백작 아니겠어? 가서 작위를 좀 내려 줄까 하는데."

"황제 폐하! 그런 건 함부로 결정하시는 게……!"

"그럼 가서 축제부터 즐기고 생각할게. 휘커스 영지로 가자. 휘커스 영지에 가는 게 황제가 된 내 첫 번째 행보야."

에반젤린 황제가 경쾌하게 웃으며 말했다.

"자, 다들 휘커스 영지로 바로 가자고! 성대하게 준비해서! 내 병을 치료해 준 에단 백작이 완쾌했어! 이건 가만히 두고 볼 수가 없겠지?"

* * *

한 달간의 축제 기간 동안 에단이 초대한 모든 이들이 하나둘 도착했다.

엘프, 드워프, 다크엘프.

사막에서도 왔고 수중 도시에서도 사람들이 왔다.

천공 도시의 조인족들도 대거 참석했다.

"뭐, 뭐야!?"

"천사……?"

"천공 도시의 조인족입니다. 너무 놀라지 마세요."

천공 도시 쪽에선 왕이 직접 왔다.

"그냥 훌쩍 떠나 버리다니. 우리 조인족은 은혜를 꼭 갚소."

성스러운 땅의 혼란을 처리해 준 에단에게 큰 감사를 하고자 직접 축제에 참여한 것이다.

"그런데…… 흐으으음, 분명 인간들의 도시일 텐데. 왜 이리 다른 종족들이 많지?"

휘커스 영지에 도착한 수많은 이종족들은 서로를 보며 같은 생각을 하고 있었다.

"와, 날개 좀 봐."

땅 아래 사는 드워프들은 하늘 위에 사는 조인족들을 보며 놀라고 있었고 사막 전사들은 바다에 사는 어인족들을 보며 놀랐다.

물론 북쪽의 가이스터 사막이 사라진 터라 더 이상 사막 전사라 불리지 않지만, 그래도 아직까진 어느 정도 피부가 건조했다.

"저렇게 촉촉할 수가."

때문에 어인족의 촉촉한 피부를 상당히 부러워했다.

"와……."

"에단 도련님은 도대체 인맥이 어디까지 있으신 거야?"

"이 정도면 대륙 일대를 쫙 돌면서 각 종족들과 인연을 맺고 오신 건데, 그게…… 되는 건가?"

하지만 이들의 놀람은 끝나지 않았다.

쿠르르르릉-!

번개가 치는 것만 같은 굉음이 들리더니 거대한 드래곤이 나타난 것이다.

"에단 휘커스의 초대에 받아 왔도다."

"아, 아니…… 드래곤도 초대하신 거야?"

"말도 안 돼. 도대체 에단 도련님은 어디까지 인맥이……!"

휘커스 영지의 일은 대부분 에단이 한 일이었다.

물론 추진은 휘커스 백작과 휘하의 인재들이 맡았지만 전체적인 틀을 만들고 인재를 영입한 건 모두 다 에단이 한 일이었다.

특히 휘커스 영지의 상징이라 할 수 있는 시장과 공방은 싹 다 에단의 손길이 닿아 있었다.

1년 동안 시장과 공방을 형성하고 인재를 영입함과 동

시에 아카데미의 교사 노릇까지 했다.

 거기다 그냥 교사 노릇을 한 게 아니다.

 무려 마스터 칭호를 얻을 정도로 아카데미 생활에 진심을 다했다.

 "……아카데미도 다니셨잖아. 마스터 교사 칭호까지 얻으셨다고."

 "몸이 열 개라도 못할 거 같은데."

 하지만 그게 끝이 아니었다.

 이번엔 귀족들의 차례였다.

 에단과 연을 맺은 수많은 귀족들이 쉴 새 없이 휘커스 영지로 들어오고 있었다.

 "램스데일 가주께서 오셨습니다!"

 "검성께서 오셨습니다!"

 검성을 포함한 십이성 가주들이 속속들이 모이기 시작했다.

 "이제 정말 끝이겠지……?"

 하지만 이제 시작이었다.

 "홀리라이트 교단의 교황께서 오셨습니다!"

 "홀리라이트 교단의 성녀님도 함께 오셨습니다!"

 홀리라이트 교단의 교황과 성녀.

 그 보기 힘들다는 성녀가 모습을 드러내자 그 신성함에 수많은 이들이 허리를 깊이 숙였다.

그리고 마무리는 황제였다.

"새, 새로운 황제 폐하께서 오셨습니다!"

"!"

"화, 황제 폐하께서 오셨다고?"

끝판왕이 등장했다.

"오늘 정말 조심해야겠다······."

"분위기에 취해서 실수라도 하면······ 으!"

끔찍한 일이 벌어질지도 모른다.

* * *

이번 축제에는 십이성 가주뿐만이 아니라 그 후계자들도 함께 왔다.

"제가 제일 먼저 왔······."

시론 램스데일이 경쾌하게 휘커스 백작에게 인사를 했는데, 그 옆에 이미 다른 한 명이 있었다.

"허허허, 시론 공자가 오셨군. 절멸증 완쾌 축제에 와 줘서 감사하오! 공자!"

그러나 시론은 휘커스 백작 옆에 있는 사람과 눈을 마주치고 있었다.

"······안녕하세요, 선생님."

에단의 애제자이자 옐로우드 가문의 후계자 후보인 메

이슨 옐로우드였다.

"하이드 가문에서도 오셨습니다!"

클라우디 하이드를 포함한 아카데미 사람들이 도착했다.

"제가 제일 먼저 왔죠?"

"……아닌데요?"

"엑, 연락을 받자마자 왔는데. 아니, 도대체 다들 언제 온 거예요? 시론 선생님이 제일 먼저 오셨어요?"

이리스가 질렸다는 표정으로 고개를 절레절레 저었다.

"아니요, 제가 제일 먼저 온 게 아닙니다."

"그럼요?"

"로안나예요."

이리스의 물음에 대답한 건 메이슨이었다.

"로안나가 제일 먼저 왔습니다, 선생님."

"……?"

"걔, 이 영지에 살아요."

"뭐?"

"여기 공방 하나 차려서 운영을 맡게 됐다고 하더라고요. 프로체슈트 가문에서 정식으로 운영하는 공방이라고 했습니다."

메이슨이 으득 이를 갈았다.

"저도 가주님께 말씀드려 휘커스 영지에 학원을 차릴"

겁니다. 마침 그걸 휘커스 백작님께 말씀드리고 있었습니다."

"……."

이리스가 고개를 절레절레 저었다.

"선생님은 어디에 계십니까?"

시론의 물음에 휘커스 백작이 안쪽을 가리켰다.

1년이 조금 넘은 시간이다. 그 시간 동안 정말 꿈만 같은 일들이 벌어졌다.

"안쪽에 있네. 지금은 휴식하고 있을 테니 이따 다 같이 만나는 게 좋겠군. 내가 먼저 말해 둘 테니 걱정 말게. 다들 와 줬다고 말이야."

휘커스 백작이 말했다.

"정말 고마워할 거야."

"꼭 와야지요. 에단 선생님이 완치되셨다는데요!"

휘커스 백작은 이런 마음이 상당히 고마웠다.

* * *

안쪽 방.

에단과 두 호위, 슈들렌과 예리카가 나란히 앉아 술을 마시고 있었다.

"언젠가 이런 날이 올 거란 생각은 했습니다만, 이렇게

나 빨리 올 줄은 몰랐습니다."

"이제 건강해지셨으니까요. 술도 마실 수 있게 되셨으니 너무 좋네요."

슈들렌과 예리카는 상당히 싱글벙글한 표정이었다.

이 둘은 처음부터 에단을 봐 왔다.

정말 살짝 밀면 쓰러질 것만 같던 때부터 지금의 건강해진 모습까지.

그랬기에 에단의 완치가 더 깊게 다가왔다.

"그러게, 사실 건강하다는 게 어떤 건지 까먹고 있었거든."

그 어마무시한 절멸증을 치료해 버렸다.

"그런데 에단 님…… 황녀님, 아니, 황제 폐하께서 오신다고 하시던데요. 이제 막 즉위식을 하셨는데, 왜 갑자기 오시는 걸까요? 일이 엄청 많으실 텐데요. 인수인계 같은 거 생각하면 꼬박 1년을 업무에 집중해도 모자라실 텐데."

"날 보러 오는 거지, 뭐."

"……왜요?"

"그거야."

에단이 그저 미소를 지으며 자신의 얼굴을 매만졌다.

보면 모르겠냐는 뜻이었다.

"확실히 건강미가 추가되셨긴 해요. 하지만 전 그 전이 좀 더 취향이었어요."

"전 지금이 훨씬 보기 좋습니다! 아! 그렇다고 이전의 얼굴이 별로였다는 게 아니라……."

슈들렌이 당황하며 손을 내저었다.

에단이 그런 둘을 보며 술을 마셨다.

"에단 님, 쉬고 계시는데 죄송합니다만 손님들이 많이 오셨습니다."

"다 왔나?"

"예, 편지를 받으신 모든 분들께서 응답하셨고, 지금 다 도착하셨습니다."

"그럼 안으로 들어오라고 해. 연회를 시작하자고 말이야."

"예!"

"그럼 일어날까요?"

"가서 또 마셔야지."

슈들렌과 예리카가 자리에서 일어섰다.

에단은 그들을 따라 회랑으로 나갔다.

회랑에는 도착한 수많은 이들이 있었다.

에단은 도착한 이들의 면면을 보았다.

"다들 와 주셔서 감사합니다!"

에단이 큰 소리로 외치자 회랑이 떠나가라 축하의 목소리가 터져 나왔다.

에단은 흐뭇하게 웃었다.

"살아 있으니까 좋군."

사람은 현명하지 못해서 뭔가를 잃어 봐야 그게 소중한 것이라는 걸 안다.

에단은 건강을 잃어 봤기에 그 건강이 얼마나 중요한지 절실히 깨달았다.

"소중히 여겨야지."

이번엔 절대 놓치지 않으리라.

신들의 구독자는 에단 휘커스로 살아남았으니까.

(신들의 구독자 완결)

회사 때려치우고 카페 합니다

펩티드 현대판타지 장편소설

야근에 잔업, 죽어라 일만 하던 어느 날
할아버지가 돌아가셨다는 연락을 받았다
하지만 회사의 반응은 싸늘한 업무 지시뿐

"이런 X같은 회사, 내가 나간다."

그렇게 사표를 던지고 내려온 고향
할아버지가 남긴 카페로 장사나 하려는데
이 카페, 뭔가 심상치 않다?

―상태 : 만성 피로, 극도의 스트레스
＞김하나의 손재주

"뭔가 이상한 게 보이는데?"

손님의 고민을 해결하고 재능을 물려받자
바쁜 일상 속의 단비 같은 힐링이 시작된다!

환상이 숨쉬는 공간 파피루스 blog.naver.com/gnpdl7

『백면야차는 죽어야 한다』

『바바리안』, 『망향무사』 성상현의 자신작!

『회생무사』

마교 부교주, 백면야차(白面夜叉)의 직속 수하이자
무림맹의 간자로서 활동했던 장평

토사구팽의 위기에서
회귀의 실마리를 잡게 되었지만

"모든 비밀은 마교 안에 있다."

다시 찾은 약관의 나이
진정한 의미의 새로운 삶을 찾아가기 위해서는
백면야차의 죽음만이 필요할 뿐이다.

새로운 시대의 영웅이 될 장평
평온한 삶을 추구하는 한 남자의 복수극이 시작된다!